THOMAS DRAYTON

Robin Hood

Deutsche Bearbeitung
von Manfred Böckl

*viel Freude mit diesem Buch
wünschen Dir Ralf
Tante Wilma und Onkel Heinz
Weihnachten 85*

 Schneider-Buch

Inhalt

Auf Burg Locksley	7
Der junge Robin	18
In Nottingham	27
König Löwenherz	41
Eine verhängnisvolle Hirschjagd	53
Prinz Johns Gesetz	67
Robins Schwur	84
Allan in Bedrängnis	92
Robin und der Mönch	102
Bruder Tuck	118
Im Rittersaal von York	130
Prinz Johns Henker	153
Der Bischof von Hereford	159
Das Turnier	166
Ein Hinterhalt	181
König Richards Heimkehr	190
Der Sturm auf Nottingham	200
Sachinformationen zum Buch	211

Auf Burg Locksley

Vier Generationen war es her, seit der kühne Normannenherzog Wilhelm im Jahre 1066 mit Hilfe eines gewaltigen Ritterheeres England erobert und sich zum König gemacht hatte. Seitdem war die Insel nicht mehr zur Ruhe gekommen. In den hohen steinernen Hallen der normannischen Zwingburgen kündeten die Sänger immer noch von den Heldentaten der Eroberer bei Hastings und von der Niederlage des Sachsenkönigs Harald, der auf dem Höhepunkt der Schlacht mit einem Pfeil im Auge gefallen war. Und der Stolz der normannischen Barone wuchs ins Unermeßliche, wenn sie von den Taten ihrer Vorfahren singen hörten. Denn sie waren nun die Herren in England, und das Volk spürte fast täglich die Macht ihrer gepanzerten Fäuste.

Doch auch das Volk – die Sachsen, welche König und Freiheit verloren hatten – besaß seine Sänger. Freilich traten diese nicht in hohen Steinhallen auf, sondern an ärmlichen Herdfeuern oder bestenfalls in den wenigen, halbverfallenen Burgen, welche den sächsischen Freiherren noch geblieben waren. Und die Lieder dieser Sänger kündeten nicht von triumphalen Siegen, sondern von den alten Zeiten, als die Sachsen noch frei gewesen waren im eigenen Land und sich ihre Könige selbst wählten. Als England vom Kanal bis zur Irischen See noch ihnen allein gehörte und sie nicht in die rauhen Wälder flüchten mußten, um der Willkür der normannischen Barone zu entgehen.

Denn die riesigen, dichten Wälder Englands waren von den Eindringlingen niemals wirklich erobert worden. Die Normannen saßen an den Küsten, in London an der Themse und in den großen Städten des Landesinneren, welche schon seit römischen Zeiten bestanden. In die Forste dagegen drangen sie nur selten ein, und auch dann wagten sie dies nur unter starker Bedeckung und schwer bewaffnet. In den Wäldern hatten die Sachsen sich behaupten können.

Eine dieser Waldinseln lag zehn Tagereisen nördlich von London in der mittelenglischen Grafschaft Nottingham. Es handelte sich um einen riesigen Forst, zu dessen Durchquerung man Tage benötigt hätte und der seit alters her den Namen Locksley-Wald trug. Inmitten dieses Waldes hatte sich ein sächsischer Edelmann, ein Franklin, behaupten können. Obwohl in London ein normannischer König regierte, lebte dieser Franklin – sein Name lautete Richard – noch ganz so wie seine sächsischen Ahnen.

Locksley-Castle, seine Burg, war aus mächtigen Eichenbalken und groben Findlingssteinen um einen uralten Wehrturm errichtet. Dorniges Gebüsch schützte die grauen Mauern, und dunkelgrüner Efeu lockte sich am Bergfried hoch, der noch aus dem achten oder neunten Jahrhundert stammen mochte. Hinter den grob geschichteten Wallmauern grunzten Schweine, blökten Schafe und gackerten Hühner. Es gab Verschläge für die Zuchtrinder, die man in der Burg hielt, und einen Stall für die Schlachtrosse des Franklins und seiner Knechte.

Das Herzstück der Burg jedoch bildete die große Halle, ein Bau aus gewaltigen Eichenstämmen, der sich nach Osten an den alten Turm anschloß. In dieser Halle waren vor dem Einfall der Normannen ausgelassene Feste gefeiert worden; tage- und nächtelang hatten die Sachsen hier bei Hochzeiten oder Kindstaufen gegessen und getrunken, und sogar der unglückliche König Harald hatte, etliche Jahre vor der Schlacht von Hastings, einmal in der Halle von Locksley Einkehr gehalten. Doch nun herrschte in London der Normannenkönig Heinrich, und in der Halle von Locksley hatte sich schon lange kein Spielmann mehr hören lassen, gehörten fröhlicher Becherklang und heiteres Gespräch längst der Vergangenheit an. Der Franklin Richard hauste jetzt allein hier. Die meisten Knechte hatten sich schon vor Jahren davongemacht, um Dienst bei den Normannen zu nehmen; nur wenige Getreue waren dem Burgherrn geblieben. Sie und Gerlinde, die einzige Tochter des edlen Richard.

Ihr verdankte es der Burgherr, daß er seinen Lebensmut noch nicht ganz verloren hatte. Richard hatte das Mädchen nach dem frühen Tod seiner Gemahlin selbst aufgezogen, und nun, da sie zwanzig Jahre zählte, war Gerlinde die einzige Freude seines Alters. Oft dachte der alte Franklin, daß er beruhigt die Augen für immer schließen könne, wenn es ihm erst gelungen sei, Gerlinde mit einem wackeren Sachsen zu verheiraten. Doch das Schicksal meinte es ganz anders mit dem Herrn von Locksley . . .

Es war ein naßkalter Herbstabend, als Richard und Gerlinde am großen Kaminfeuer in der Halle saßen und dampfendes Honigwasser tranken. Der Wind pfiff draußen um den alten Wehrturm und ließ die lockeren Schindeln klappern. Manchmal stäubte er sogar in den Kamin, so daß rote Funken aus der Feuerstelle sprangen.

„Der Winter kommt früh dieses Jahr", brummte Richard

mißmutig und setzte hinzu: „Der Teufel hole diese verfluchten Normannen. Seit sie England regieren, sind sogar die Jahreszeiten in Unordnung geraten."

„König Heinrich wird in London nicht weniger frieren als wir hier in Locksley", antwortete Gerlinde besänftigend. „Und wir haben immerhin den Vorteil, daß wir uns aus den Wäldern um die Burg genügend Holz holen können, um unseren Kamin Tag und Nacht brennen zu lassen."

„Wenn es uns der Sheriff von Nottingham nicht wieder wegschleppen läßt", knurrte Richard. „Der Normanne ist der übelste Beutelschneider, der . . ."

Der Burgherr unterbrach sich, denn in diesem Augenblick erklang draußen das Horn des Wächters, der bei Tag und Nacht auf der Plattform des Wehrturmes stand und die Gegend mit scharfen Augen beobachtete.

Richard fuhr von seinem Schemel auf und griff nach dem breiten Schwert, das mit blanker Klinge über dem Kamin hing. „Eben habe ich vom Sheriff gesprochen, und nun stößt der Türmer ins Horn", rief der Franklin dabei. „Lauf, mein Kind! Verbarrikadiere dich in deiner Kemenate, denn ich könnte wetten, daß es einen Kampf gibt!"

Doch Gerlinde blieb ruhig auf ihrem Hocker sitzen und erwiderte: „Wette lieber nicht, Vater. Denn wenn der Sheriff mit Heeresmacht nahen würde, dann würde der Wächter immer weiter blasen. Da er aber nur einen einzigen Stoß tat, denke ich, daß sich ein ganz harmloser Besucher nähert."

„Dein Wort in Gottes Ohr", brummte der Franklin und setzte sich wieder auf seinen Schemel nieder, ohne jedoch das Schwert loszulassen, das er einmal gepackt hatte. Dann schauten beide gespannt zur Eingangstür der Halle.

Es dauerte nicht lange, bis ein ergrauter Knecht eintrat, dessen blaue Augen aber noch verwegen blitzen und dessen Haar über der Stirn gerade abgeschnitten war. Ein Schwall kühler Luft drang mit ihm in die Halle, und man sah dem Mann an, daß er Regen und Sturm ausgesetzt gewesen war.

„Nun, Alf", redete der Burgherr ihn an, „warum hat der Türmer ins Horn gestoßen?"

„Ein Fremder steht vor dem Tor und begehrt Einlaß", meldete Alf.

„Ein Normanne?" erkundigte sich Richard mißtrauisch und mit gerunzelten Brauen.

„Das denke ich nicht, Herr", antwortete der Grauhaarige. „Dem Gewand nach handelt es sich um einen Sachsen, und außerdem trägt der Fremde einen derben Kampfstock bei sich, eine Waffe, wie die Normannen sie niemals zu führen gelernt haben."

Die Furchen verschwanden von der breiten Stirn des Franklins. „Wenn er ein Sachse ist, braucht er nicht draußen vor dem Tor zu bleiben", sagte er. „Hole ihn herein und führe ihn in die Halle."

Alf verschwand, und es dauerte nur ein paar Minuten, bis er in Begleitung des Fremden zurückkehrte. Der Mann war hochgewachsen und kräftig gebaut. Das braune Haar reichte ihm in Locken bis auf die breiten Schultern, sein Gesicht war von Wind und Wetter gegerbt, und seine blauen Augen blitzten den Burgherrn ohne Unterwürfigkeit an. Gekleidet war der Fremde einfach; er trug lediglich Hemd und Hosen aus Schafwolle, derbe Stiefel und einen braunen Umhang aus gesponnenem Roßhaar. In der Rechten hielt er einen zolldicken Stab, der sein Haupt noch um eine Elle überragte. Dies war der sächsische Kampfstock, mit dem sich zu König Haralds Zeiten die Krieger sogar an einen Ritter mit Harnisch und Schwert gewagt hatten.

Je länger Richard den Unbekannten musterte, um so freundlicher wurde sein Gesichtsausdruck. Schließlich gab er Alf einen Wink zu verschwinden, und als sich die Tür hinter dem Knecht geschlossen hatte, redete er den Besucher an: „Daß edles Sachsenblut in deinen Adern fließt, erkennt man auf den ersten Blick. Dein Name läßt sich aber nicht so leicht erraten..."

„Man nennt mich Erwein Hood", erwiderte der Braunlockige mit kraftvoller Stimme.

„Aus der Gegend von Nottingham?" wollte Richard wissen.

„Aus dem Norden", antwortete Erwein, wobei sich sein Gesicht verschloß.

Schon schien es, als wolle der Franklin zu einer neuen Frage ansetzen, doch dann ließ er es. Er hatte auch so begriffen. Während des Sommers hatte es im Norden Kämpfe zwischen Normannen und einzelnen Sachsenstämmen gegeben, welche sich noch nicht unter das Joch König Heinrichs gebeugt hatten. Die Normannen waren wieder einmal Sieger geblieben, und so manch tapferer Sachse wanderte seither den harten Pfad des Flüchtlings. Erwein mochte einer dieser Männer sein, und es war allein seine Angelegenheit, ob er über diese Dinge sprechen wollte oder nicht.

So sagte Richard nur: „Sei uns willkommen auf Burg Locksley! Suchst du nur ein Nachtlager – oder gedenkst du länger zu verweilen?"

Erwein ließ einen langen Blick durch die alte Halle gleiten. Er betrachtete die festgefügten Balken, das lodernde Kaminfeuer, die Waffenstücke an den Wänden. Zuletzt blieb sein Auge auf Gerlinde haften. Die junge Erbin erwiderte den Blick zunächst, dann errötete sie plötzlich und senkte den Kopf, so daß ihr langes blondes Haar ihre heißen Wangen bedeckten.

Ein kaum sichtbares Lächeln kräuselte Erweins Lippen. Er wandte sich wieder dem Franklin zu und sagte: „Eine Ehre wäre es mir, als Euer Knecht auf Burg Locksley zu bleiben, Herr Richard. Daß ich zu ritterlichem Dienst tauge, will ich Euch gerne beweisen! Ich führe den Kampfstock so gut wie keiner, kann aber auch mit Schwert und Speer umgehen. Auf der Jagd treffe ich die Wildsau mit dem Spieß und den Hirsch mit dem Pfeil. Außerdem reite ich Euch jeden Hengst zu, den Ihr mir unter den Sattel geben wollt."

„Mit feurigen Hengsten sieht es schlecht aus auf Locksley", versetzte der Burgherr wehmütig. „Die stehen heutzutage in den Ställen der Normannen. Doch deine sonstigen Fertigkeiten kann ich gut gebrauchen. Willkommen auf Locksley, Erwein!"

Mit diesen Worten streckte der Franklin seinem neuen Knecht die Hand hin, und Erwein schlug ein. Der Burgherr ahnte, daß er auf diese Weise einen trefflichen Kämpen gewonnen hatte. Daß Gerlinde, obwohl sehr verlegen, kein Auge von dem Sachsen aus dem Norden ließ, bemerkte Richard nicht.

Erwein blieb auf Locksley und war bald von allen Bewohnern wohl gelitten. Er versah aufmerksam seinen Dienst, wenn er als Wächter auf der höchsten Turmzinne stand, er hielt Waffen und Befestigungsanlagen in Ordnung, und er entpuppte sich als geschickter und glücklicher Jäger. Die Tische in Locksley waren reicher gedeckt, wenn Erwein auf die Pirsch ging, und in den Betten der Burgbewohner tauchten frischgegerbte Felle auf, welche den kühlen Herbst und den beißend kalten Winter dieses Jahres erträglicher machten. Oft bat Richard seinen Knecht am Abend in die Halle vor das hohe Kaminfeuer, und dann zeigte es sich, daß Erwein sich sogar ein wenig auf die Kunst des Balladensingens verstand. Gerlinde schlug die Augen nun nicht mehr nieder, wenn ihr Blick sich mit dem Erweins traf; lächelnd lauschte sie vielmehr seinen Liedern von den uralten Heldentaten ihres Volkes oder von Liebenden, die eins geworden waren, als die Sachsen noch auf den Ebenen Jütlands und den friesischen Inseln lebten und von England nichts wußten.

So verstrich auf Locksley ein friedlicher Winter, und dann rann eines Tages das Tauwasser in Bächen von den Dächern und ließ den Burggraben anschwellen. Die ersten Schneeglöckchen sprossen auf dem Hang vor den Wällen, und in den Wäldern erklang das Lied der Vögel wieder freudiger. Auf Locksley und im ganzen Land kehrte der Frühling ein.

An einem der ersten Tage, da die Sonne schon wieder kräftiger schien, befand sich Erwein im Burghof und zäumte eben sein Jagdroß, als Gerlinde erschien.

„Der Winter ist vorbei. Nun kann sich wohl auch eine schwache Frau wieder aus der Burg wagen", redete sie Erwein an und fügte lächelnd hinzu: „Darf ich Euch nicht begleiten, mein wackerer Jägersmann?"

Auch Erwein lächelte und erwiderte erfreut: „Nichts könnte mir eine größere Freude bereiten. Wartet nur einen Augenblick, dann sattle ich Euch selbst Euren Zelter."

Wenig später ritten Gerlinde und Erwein Seite an Seite aus der Burg. Sie trabten über das Blachfeld, das zwischen dem Wall und dem Forst lag, und verloren sich bald unter den mächtigen Kronen der ersten Eichen.

Richard beobachtete von einem Turmzimmer aus, wie die beiden im Wald verschwanden. Zunächst wirkte der Burgherr sehr nachdenklich, doch dann glitt ein zufriedenes Lächeln über sein Gesicht. Hatte er sich denn nicht stets gewünscht, seine einzige Tochter mit einem aufrechten Sachsen zu verheiraten? Und nun schien es so, als bräuchte er darauf nicht mehr lange zu warten. Gerlinde war verliebt,

das hatte sogar der alte Haudegen längst bemerkt, und Erwein war ein Schwiegersohn, wie Richard sich keinen besseren wünschen konnte.

Der ganze Frühlingstag verstrich, ehe das Paar nach Locksley zurückkehrte und zur Burg hinaufritt. Im Wald hatten sie sich ihre Liebe gestanden, nun leuchtete das reine Glück auf ihren jungen Gesichtern. Und noch am selben Abend wurden sie sich auch mit Herrn Richard einig. Der alte Franklin segnete das Verlöbnis seiner einzigen Tochter mit seinem besten Kriegsmann und bestimmte, daß im Mai die Hochzeit gefeiert werden sollte. Nur wenige Wochen mußten noch verstreichen bis zu diesem Freudentag.

Es waren noch drei Tage bis zur Hochzeit, als Richard und Erwein noch einmal auf die Jagd ritten, damit die Hochzeitstafel möglichst reich gedeckt werden konnte. Schon hatte Herr Richard mit wohlgezieltem Bogenschuß einen kapitalen Hirsch zur Strecke gebracht, und die beiden Jäger wollten eben zur Burg zurückkehren, als plötzlich ein gewaltiger Keiler aus dem Unterholz brach und sich schnaubend vor dem Roß Erweins aufbaute.

„Hussa!" rief der junge Sachse. „Den Kerl will ich auch noch an unserem Bratspieß sehen!"

Richard wollte noch warnen, denn der Keiler war riesig, doch Erwein war bereits aus dem Sattel gesprungen und hatte den Hirschfänger aus der Scheide gerissen. Mit der blanken Waffe sprang er mutig gegen den gefährlichen Eber an. Die Wildsau zeigte drohend die elfenbeinenen Hauer und fuhr ihrerseits auf Erwein los. Der Sachse hätte den Keiler wohl trotzdem mit sicherem Stoß erlegt, wäre er nicht plötzlich über eine Wurzel gestolpert und lang hingeschlagen – direkt vor die nadelscharfen Hauzähne der Bestie. So aber saßen die Hauer Erwein in der Halsgrube, noch ehe er selbst einen wirkungsvollen Stoß mit dem Hirschfänger anbringen konnte.

Richard schrie entsetzt auf und schleuderte seinen Spieß auf das Untier. Die geschliffene Spitze drang dem Eber ins Herz. Als jedoch Richard den Keiler beiseite wälzte, fand er Erwein bereits sterbend.

„Gerlinde", hauchte der Sachse, welcher dereinst Locksley hätte erben sollen, noch, dann brachen ihm die Augen. Richard hielt einen Toten in seinen Armen...

Erst nach geraumer Zeit fand der Franklin die Kraft, in sein Jagdhorn zu stoßen und so die Knechte von der Burg herbeizurufen. Auf einer Bahre, die sie zwischen zwei Pferde geschnallt hatten, brachten sie Erwein zurück.

Gerlinde sah den Leichenzug kommen und brach ohnmächtig vor dem Tor zusammen. Drei Tage später gab es auf Locksley anstelle der Hochzeitsfeier ein Totenmahl. Und die Knechte flüsterten untereinander, daß der Herr und seine unglückliche Tochter sich wohl nie mehr von diesem Schlag erholen würden.

Unsagbare Trauer herrschte auf Locksley den ganzen Sommer über und den ganzen Herbst. Dann begannen die Dienstboten erneut zu flüstern, und als es nur noch wenige Wochen bis Weihnachten waren, gebar Gerlinde einen kräftigen Knaben – den Sohn Erweins.

„Dein Vater, der tapfere Erwein Hood, mußte allzu früh sterben", klagte Richard, als er seinen Enkel zum erstenmal auf den Armen hielt. „Doch du sollst leben und dereinst

Locksley erben. Ich nenne dich Robin, nach einem meiner Ahnen – und Hood, nach deinem Vater. Robin Hood!"

Und der Knabe antwortete mit einem kräftigen Schrei, als hätte er jedes Wort seines Großvaters verstanden.

Der junge Robin

Zwölf Jahre waren ins Land gegangen. Robin Hood war zu einem kräftigen Knaben herangewachsen, an dem seine Mutter und der alte Herr Richard ihre helle Freude hatten. Nun war die Zeit gekommen, da nach altem Sachsenbrauch der Junge die ritterlichen Künste erlernen sollte. Denn ein Erbe, der das Schwert nicht schwingen, den Pfeil nicht abschnellen und kein Roß meistern konnte, würde später nicht zum Herrn auf Locksley taugen.

Alf, Richards bewährter Knecht, der es immer noch mit manchem jungen Mann aufnehmen konnte, wurde Robins Lehrmeister. Einen besseren konnte es nicht geben. Denn Alf war nicht immer bloß Knecht auf Locksley gewesen. „Als ich noch jung war, kaum zwanzig Jahre", erzählte er seinem Schützling, „machte ich meinen ersten Kriegszug mit. Es ging gegen die heidnischen Pikten, oben in Schottland, und damals standen Sachsen und Normannen zusammen, denn die Pikten bedrohten beide Völker. Es sind wilde Horden, die noch nie etwas vom Christentum gehört haben. Einmal hätten sie mich damals um ein Haar gefangen. Nur meinem schnellen Roß verdanke ich, daß ich heute in Frieden auf Locksley leben kann."

„Dann ist es wohl wichtig, daß auch ich reiten lerne", meinte Robin.

„Aus diesem Grunde habe ich dir vom Piktenkrieg erzählt", erwiderte Alf.

Danach konnte es Robin kaum erwarten, in den Stall zu kommen. Herrn Richards mächtiges Schlachtroß stampfte in seinem Balkenverschlag, und Robin wurde es bei seinem Anblick doch ein wenig bange ums Herz. Alf beruhigte ihn: „Bis du den Hengst meistern kannst, werden wohl noch ein paar Jahre vergehen. Wir wollen es zunächst einmal mit dem alten Schimmel dort hinten probieren. Er ist das ruhigste Pferd, das wir im Stall haben, und gerade recht für einen Zwölfjährigen. Und nun nimm dir Sattel und Zaumzeug und versuche dein Glück."

Robin hatte große Mühe, dem Schimmel die Trense ins Maul zu zwängen und ihm den schweren Sattel aufzulegen, aber er biß die Zähne zusammen und schaffte es schließlich. Danach führte er den Schimmel in den Burghof. Alf folgte mit seinem treuen Braunen. Draußen kletterte Robin auf die Brunneneinfassung und schwang sich zum erstenmal in den Sattel. Er hatte das Gefühl, entsetzlich hoch oben zu sitzen, doch wiederum bemeisterte er seine Angst und lenkte den Schimmel, der willig dem Zügel gehorchte, zum Burgtor.

„Brav", lobte Alf, „du hast das Herz auf dem rechten Fleck, und dies ist das wichtigste für einen wackeren Reitersmann. Es heißt ja auch: Wirf dein Herz über den Graben und springe ihm nach. Ob du das fertigbringst, werden wir bald sehen. Doch vorerst wollen wir einmal Schritt, Trab und Galopp üben."

Das Blachfeld jenseits des sumpfigen Burggrabens war

das ideale Gelände für den Reitunterricht, den Robin nun erdulden mußte. Ja, erdulden, denn die ersten Tage waren für den ungeübten Reitersmann eine wahre Tortur. Robin konnte die blauen Flecken gar nicht mehr zählen, die er sich bei seinen vielen Stürzen zuzog, und wenn er am Abend erschöpft aus dem Sattel glitt, dann schien ihn jeder einzelne Muskel im Leib zu schmerzen. Doch Alf lachte nur, wenn Robin vor Pein das Gesicht verzog, und Richard, der alles von der Mauer aus beobachtet hatte, lachte mit. „Durch diese harte Schule muß jeder gehen, der ein guter Reiter werden will", tröstete der alte Franklin dann aber seinen Enkel. „Du wirst sehen, in ein paar Tagen läuft es schon viel besser."

Und tatsächlich! Herr Richard behielt recht. Kaum eine Woche war vergangen, da begann sich Robin auf dem Pferderücken ganz heimisch zu fühlen. Ritt er im Schritt, so brauchte er jetzt nur noch eine Hand, um den Schimmel zu dirigieren, und wenn es ·Trab galt, dann glich er die Bewegungen des Pferderückens elastisch aus, so daß er nun keine harten Preller mehr erdulden mußte. Am schönsten jedoch war der Galopp. Wenn der Schimmel mit gespitzten Ohren und wehendem Schweif über das Blachfeld dahinjagte, dann lachte Robin das Herz. Er fühlte sich dann so schnell und frei wie ein Vogel, dem kein Pikte und kein Normanne etwas anhaben konnte. Und er meinte, bis ans Ende der Welt so dahinjagen zu können, bis dorthin, wo die Erdenscheibe in das endlose Meer abstürzte.

Das Blachfeld vor der Burg genügte Robin nun längst nicht mehr. Und nun war es Alf, der manch bitteren Schweißtropfen vergoß, wenn er seinem Schützling durch die weiten Forste von Locksley folgen mußte. Denn Robin ritt jetzt schneller und besser als sein Lehrer. Gestürzte Baumriesen, Bäche oder Steinmauern – das alles war kein Hindernis mehr für ihn. Er setzte darüber hinweg, leicht wie eine Feder, die der Sturmwind treibt. Und jagte weiter durch die Wälder, tagelang, wochenlang . . .

„Ich bin sehr stolz auf dich", lobte Herr Richard zuletzt seinen Enkel. „Du hast das Zeug, zum besten Reiter der Sachsen zu werden. Doch ein Roß zu meistern, reicht nicht aus für den Erben von Locksley. Nun mußt du auch lernen, mit sächsischen Waffen umzugehen."

Robin war begierig darauf, und wiederum war Alf sein Lehrmeister.

„Die angestammten Waffen von uns Sachsen sind das Schwert und der Langbogen, dazu der Kampfstock", erklärte Alf. „Wir wollen mit dem Stock beginnen, denn ihn führten unsere Ahnen, noch ehe sie das Schwert und den Bogen kannten."

Aus der Rüstkammer besorgte Alf einen alten Topfhelm für den Jungen. Den Kampfstock schnitt Robin sich selbst im Wald von einer kräftigen Eiche. Und dann stand er zum erstenmal, den Stock in beiden Händen quer vor der Brust, Alf gegenüber, welcher nun sein Gegner war.

Wieder wurde Robin das Lernen bitter. Alf beherrschte die alte Kunst des Stockkampfes sehr gut, und bald schmerzten Robin die Arme fürchterlich von den vielen Prellschlägen, die er einstecken mußte, ohne vorerst mit gleicher Münze zurückzahlen zu können. Da der junge Herr von Locksley jedoch einen eisernen Willen und dazu beträchtliche Geschicklichkeit und Kraft besaß, erging es ihm beim

Stockkampf ähnlich wie mit dem Reiten. Er lernte schnell und übertraf bald, zumindest was seine Schnelligkeit anlangte, seinen Lehrer.

„Erst jetzt darfst du dich wirklich einen Sachsen nennen, mein Sohn!" rief Richard erfreut aus, als es Robin zum erstenmal gelang, alle Schläge geschickt zu parieren, die Alf ihm zudachte, und dann den alten Knecht sogar noch gefährlich in die Enge zu treiben. „Wenn du nun noch mit Schwert und Bogen umzugehen lernst, kannst du so manchen Normannen das Fürchten lehren."

„Was ich mit dem Stock schaffe, das wird mir auch mit dem Schwert gelingen, wenn du mir nur eine Klinge anvertrauen willst", antwortete Robin keck. „Und wenn ich das Schwert zu führen gelernt habe, will ich mich auch gerne in der Kunst des Bogenschießens üben."

„Recht so", lobte der alten Franklin seinen Enkel und ließ es sich nicht nehmen, selbst mit Robin in die Rüstkammer zu gehen, wo er ihm ein stumpfes Schwert heraussuchte und dazu einen ziemlich zerspellten Buckelschild, der freilich zum Üben gerade recht war. Nachdem er Robin diese Waffen gegeben hatte, wappnete sich auch Richard, denn den Schwertkampf sollte sein Enkel von ihm selbst lernen, nicht von einem Knecht.

Richard von Locksley war bereits hoch in den Jahren, doch die Klinge führte er immer noch so kraftvoll wie ein Jüngling. Robin kam bei den raschen Paraden kaum mit. Doch das Reiten und die Übungen mit dem Kampfstock hatten seine Muskeln gestählt, so daß ihm nun auch Schwert und Schild keine unüberwindlichen Schwierigkeiten bereiten konnten. Robin lernte, auch die kräftigsten Hiebe mit dem Schild abzufangen und seinerseits mit Macht zuzuschlagen. Schon am dritten Tag, an dem er gegen seinen Großvater antrat, fielen ihre Schläge so hageldicht, daß man hätte meinen können, im Burghof spiele ein barbarisches Orchester aus dem Heidenland zum Tanz auf. Und nachdem eine weitere Woche vergangen war, durfte sich Robin einen ebenbürtigen Gegner Richards nennen. Schwert und Schild waren ihm ebenso vertraut geworden wie der Zaum seines Rosses und der Kampfstock. Doch noch beherrschte Robin nicht die vierte der ritterlichen Künste: das Bogenschießen.

„Der Langbogen ist die Waffe, die uns Sachsen am meisten genützt hat, seit die Normannen in England gelandet sind", erklärte ihm sein Großvater abends am Kaminfeuer, wo er genüßlich einen Humpen Bier schlürfte. „Wir Sachsen haben uns vor den Normannen in die Wälder zurückziehen müssen, und im dichten Gestrüpp, umgeben von mächtigen Bäumen, kann es leicht geschehen, daß ein Kämpfer sein Schwert nicht mehr zu schwingen vermag. Deswegen ist der Bogen unsere wichtigste Waffe. Sein Pfeil findet den Weg auch noch durch das vertrackteste Gesträuch, und wenn er kraftvoll abgeschossen wird, durchbohrt er den besten normannischen Harnisch. Freilich gehören ein gutes Auge und eine sichere Hand dazu, den Langbogen zu handhaben. Morgen werden wir erfahren, ob du beides besitzt. Denn morgen werde ich mit dir durch die Wälder von Locksley streifen und dich die Kunst des Bogenschießens lehren."

Robin antwortete nicht. Aber er dachte daran, daß er früher bereits heimlich mit Alfs Langbogen geübt hatte, und deswegen hoffte er, anderen Tags vor seinem Großvater schon bestehen zu können.

Die ersten Sonnenstrahlen fanden den Herrn von Locksley und seinen Enkel auf dem Weg in die riesigen Wälder. Beide trugen den Köcher mit den gefiederten Pfeilen auf dem Rücken und in den Händen die beiden besten Langbogen, die man auf der Burg hatte finden können. Robins elegant geschweifte Waffe war noch ein paar Zoll höher als er selbst. Um so stolzer trug er den Langbogen vor sich her.

Etwa eine Stunde waren sie gegangen und befanden sich bereits tief im Wald, als hoch vom Himmel ein heiserer Gesang ertönte. Sie spähten durch die Wipfel der riesigen Eichen und erkannten einen Zug Graugänse, die nach Norden unterwegs waren.

„Jetzt will ich dir zeigen, was ein sächsischer Bogenschütze vermag", sprach Richard von Locksley und nahm einen Pfeil aus dem Köcher. Den Pfeil auf die gedrehte Sehne legen und den Bogen spannen war eins. Dann richtete der Burgherr die stählerne Spitze steil nach oben und ließ die Sehne klingen. Ein silberner Blitz schien durch die Eichenkronen zu zischen, und einen Lidschlag später scherte eine der Graugänse klagend aus dem Zug aus und taumelte schwer der Erde zu. Richards Pfeil war ihr mitten durch den Hals gedrungen.

„Ein Schuß, wie er keinem Normannen je gelingen würde", bemerkte der Herr von Locksley schmunzelnd, während er sich bückte, die tote Graugans aufnahm und an seinen Gürtel hängte.

In diesem Moment zog eine zweite Kette der majestätischen Vögel durch die Lüfte.

„Nun sollst du dein Glück versuchen", forderte Richard

seinen Enkel auf. „Ziele eine Handbreit vor die Gans, dann kannst du sie gar nicht verfehlen."

Schon hielt Robin den Pfeil in der Hand und legte ihn auf die Sehne. Der Gänseschwarm, der am Himmel vorüberzog, war riesig. Robin atmete tief durch und beugte sich zurück. Mit aller Kraft zerrte er die Sehne zurück. Fast schaffte er es nicht, denn dieser Bogen war schwerer als der von Alf, mit dem er heimlich geübt hatte. Doch dann glitt die Pfeilspitze zurück, bis sie fast Robins linke Faust erreichte, die den Bogengriff umklammerte. Robin ließ das Pfeilende los. Und wieder flitzte ein Blitz durch die Baumkronen.

„Getroffen!" rief Richard hocherfreut, als sich eine weitere Gans aus der Kette löste und fiel. „Ein meisterlicher Schuß!"

Robin rannte davon, um den erlegten Vogel zu suchen, der irgendwo ins Gebüsch gefallen war. Er schämte sich. Denn er hatte auf ein ganz anderes Tier gezielt. Doch das würde er seinem Großvater nie eingestehen können. Statt dessen nahm er sich vor, weiterhin fleißig mit dem Langbogen zu üben, damit er wirklich das Ziel traf, auf das er die Spitze seines Pfeils gerichtet hatte.

Für heute jedoch war Richard mit dem Ergebnis ihres Pirschganges zufrieden, und beide Jäger kehrten zur Burg zurück. An diesem Abend durfte Robin zur Belohnung für seinen geglückten Schuß zum erstenmal in seinem Leben einen Humpen Bier mit seinem Großvater trinken.

Der nächste Morgen jedoch sah den Erben von Locksley schon wieder im Wald, und wieder führte er den Langbogen mit sich. Diesmal war Robin allein, und er nutzte seine Zeit gut. Pfeil auf Pfeil sandte er auf schlanke Baumstämme, welche erst fünfzig, dann hundert und zuletzt gar hundertfünfzig Schritte entfernt standen. Und bald wußte Robin seine Pfeile so zu lenken, daß sie unfehlbar trafen. Als er nach mehreren Wochen seine heimlichen Übungen beendete, war er sicher, nun wirklich jede Graugans, auf die er es abgesehen hatte, aus ihrem Zug herausholen zu können.

Zum Beweis für seine neuerworbene Fertigkeit bat er seinen Großvater, ihn wiederum auf einem Jagdzug zu begleiten, und es dauerte nicht lange, da hatte Robin mit einem prächtigen Schuß auf zweihundert Schritt Entfernung einen zwölfendigen Hirsch erlegt.

Richard von Locksley war außer sich vor Freude. „Nun beherrschst du alle Waffen, die ein sächsischer Edelmann führen muß", lobte er seinen Enkel. „Ich bin stolz auf dich, Robin. Locksley besitzt einen Erben, wie es sich keinen besseren wünschen könnte. Und zum Zeichen dafür, daß ich in dir nun einen vollwertigen Edelmann besten sächsischen Blutes sehe, will ich am nächsten Sonntag mit dir in die Burgkapelle gehen, wo ich dir mein eigenes Schwert um die Hüften gürten will!"

Robin hatte gelernt, ein Roß zu reiten, Schwert und Kampfstock zu führen und mit seinem Pfeil den Hirsch zu erlegen; deswegen durfte er sich nach sächsischem Brauch bereits als Mann bezeichnen. Doch nun fiel er seinem Großvater um den Hals. Denn die Schwertleite, die Übergabe der uralten Waffe, welche einst der erste Freiherr auf Locksley getragen hatte, war die allergrößte Ehre, die Robin widerfahren konnte. Nach der Schwertleite würde Robin zum Kreis der sächsischen Edlen gezählt werden.

Schon am folgenden Sonntag machte Herr Richard sein Versprechen wahr. Robin kniete in der alten Kapelle vor dem Altarstein und empfing das Breitschwert, welches bisher über dem Kamin in der Halle gehangen hatte.

„Führe diese Waffe nur in ehrlichem Kampf und zum Wohle deines Volkes", sprach Richard ernst.

„Das schwöre ich", entgegnete Robin und ergriff die mächtige Klinge, welche vor vielen hundert Jahren noch in Jütland geschmiedet worden war. In grauer Vorzeit, noch ehe die kühnen Häuptlinge Hengist und Horsa das Sachsenvolk auf ihren drachenhäuptigen Langschiffen nach England geführt hatten.

Nachdem Robin Hood das Schwert erhalten hatte, stimmte der Burgkaplan das Tedeum an, ein Dankeshymne zum Lobe Gottes. Dröhnend fiel Herr Richard mit seinem Baß ein, und hell erklang dazu die junge Stimme Robins. Auf der Kapellenbank saß Robins Mutter Gerlinde und dachte an Erwein, der diesen Ehrentag seines Sohnes nicht mehr hatte erleben dürfen. Mit einem Festmahl, bei Braten und vollen Bechern, klang der Tag aus. Und noch nie im Leben hatte Robin Hood sich stolzer gefühlt.

Freilich sollte dieser Stolz schon am nächsten Tag einen argen Dämpfer erhalten...

In Nottingham

„Gestern haben wir gefeiert, doch heute steht uns ein Weg bevor, auf den ich lieber verzichten würde", sagte Herr Richard am nächsten Morgen zu seinem Enkel. „Wir müssen nach Nottingham reiten, um den Tribut für das vergangene

Jahr abzuliefern. Der Teufel hole die Steuern – aber wenn wir sie nicht bezahlen, taucht der Sheriff mit seinen Kriegsknechten hier auf und setzt Locksley den roten Hahn aufs Dach."

Robin verzog angewidert das Gesicht. Man sah ihm an, daß er es gerne auf einen Kampf mit den Knechten des Sheriffs hätte ankommen lassen.

Richard bemerkte seine Verstimmung wohl. „Ja, ich weiß", brummte er, „zu König Haralds Zeiten hätten wir Sachsen jeden Tribut verweigert – wenn nötig, mit dem blanken Schwert. Doch heutzutage sind die Normannen hoffungslos in der Übermacht. Locksley könnte sich keine drei Tage gegen sie halten. Wir müssen nach Nottingham, ob wir wollen oder nicht. Und du sollst mit, um die normannische Macht einmal mit eigenen Augen zu sehen."

„Ich fürchte mich nicht vor ihnen", entgegnete Robin trotzig. „Erlaubst du, daß ich mein gutes Schwert mit nach Nottingham nehme?"

„Besser nicht", versetzte Herr Richard. „Wir werden in der Normannenfeste gut daran tun, uns so klein wie möglich zu machen. Denn mit aufsässigen Sachsen fackelt der dortige Sheriff nicht lange. Wer sich gegen die Normannen stellt, der baumelt oft schneller am Galgen, als er einen Bogen spannen oder sein Schwert ziehen kann!"

„Aber warum habe ich dann überhaupt gelernt, mit den Waffen umzugehen?" wollte Robin wissen.

„Um dich in den Wäldern behaupten zu können", klärte sein Großvater ihn auf. „In den Wäldern nützt uns Sachsen zuweilen noch die blanke Klinge oder der geschweifte Bogen. Doch in den Städten regieren die Normannen."

Robin kaute mißmutig auf seiner Unterlippe herum, aber er sagte nichts mehr. Statt dessen rannte er aus der Halle von Locksley und begab sich zum Stall, wo er seinen Schimmel sattelte. Kurz darauf erschien auch Herr Richard und machte seinen feurigen Hengst fertig für den Ritt nach Nottingham. Als der Großvater und sein Enkel ihre Pferde in den Burghof führten, herrschte auch dort unter der Leitung Alfs reges Treiben. Die Knechte von Locksley beluden eine Reihe von Saumtieren, die man von den umliegenden Sachsengehöften zur Burg gebracht hatte, mit dem Tribut, der nach Nottingham gehen sollte.

Robin kam aus dem Staunen nicht mehr heraus. Denn von den guten Dingen, welche da auf die Packsättel geschnürt wurden, hätten die Bewohner der Burg mindestens ein halbes Jahr lang leben können. Da gab es Dutzende von geflochtenen Weidenkörben, in denen fette Hennen gakkerten oder Tauben mit blauschimmerndem Gefieder gurrten. Andere Lasttiere trugen zentnerschwere Säcke mit Weizen, Gerste oder Hafer. Ganze Keulen und Rückenstükke von Hirsch und Reh sollten nach Nottingham gebracht werden, dazu zahlreiche Fäßchen mit Bier und Met. Es war ein kleines Vermögen, welches den Saumtieren da aufgeladen wurde, und Robin schaute sprachlos zu.

Alf bemerkte die Verwirrung seines jungen Herrn und gesellte sich zu ihm. „Ja", sagte er leise, „dafür haben die Dörfler und wohl auch wir Knechte von Locksley ein ganzes Jahr lang gefront und geschuftet. Ein Fünftel des Ertrags aus dem ganzen Rittergut geht nun an den Sheriff von Nottingham. Es ist eine Schande, doch wir Sachsen sind zu schwach geworden, um daran etwas zu ändern. Und während die

Normannen auf ihrer festen Burg im Reichtum schwelgen, darben und hungern unsere Bauern."

Seufzend packte der Alte ein Bündel Speckseiten und lud sie dem nächststehenden Saumtier auf. Und Robins Haß auf die Normannen, die offensichtlich das ganze Land aussaugten, wuchs noch mehr. Er bereute es jetzt bitter, daß er Herrn Richard überhaupt gefragt hatte, ob er sein Schwert mit nach Nottingham nehmen dürfe. Robin sagte sich, daß er die Waffe einfach heimlich mit sich hätte führen sollen, um später den teuflischen Normannen nicht gänzlich hilflos gegenübertreten zu müssen. Doch nun war es zu spät, denn Richard von Locksley schwang sich bereits in den hochgeschweiften Sattel seines Hengstes und gab das Zeichen zum Aufbruch.

Robin ritt neben Franklin in der Spitze des Zuges, der sich durch das Burgtor wand. Dahinter folgte die lange Reihe der Lasttiere, bewacht von sechs Knechten. Die kleine Karawane überwand den Sumpf, der sich um Locksleys Mauern zog und sie schützte, dann schlug Richard den Weg nach Süden ein, wo hinter dem Horizont die mächtige Normannenfeste Nottingham lag.

Da die schwerbeladenen Saumtiere nur im Schritt gehen konnten, kamen sie sehr langsam voran. Immerhin erreichten sie um die Mittagszeit den Rand der riesigen Wälder von Locksley, und als sie zwischen den mächtigen Eichenstämmen heraustraten, erkannten sie jenseits einer weiten Ebene die wuchtigen Mauern und die hohen Türme von Nottingham. Grau drohten die mächtigen Quadern, aus denen die Stadt erbaut war, über das schneeverwehte Land. Und Robin, der bisher nur die Balken von Burg Locksley gekannt hatte, bekam zum erstenmal eine Ahnung von der wahren Macht der Normannen. Er verhielt sich von nun an sehr schweigsam, während sich der Zug der Saumtiere unaufhaltsam der Stadt näherte.

Etwa drei Stunden später zügelte Herr Richard seinen Hengst vor dem nördlichen Tor Nottinghams. Gedrungen versperrte es den Reitern den Weg. Eine schmale Zugbrükke, die aus schenkeldicken Bohlen gezimmert war, überspannte einen tiefen Stadtgraben, auf dessen Grund eine schimmernde Schicht aus dünnem Eis glänzte. Zu beiden Seiten des Tores erhoben sich zwei klobige Türme, auf deren Plattformen gepanzerte Wächter standen, die Lanzen und Bogen trugen. Die Toröffnung selbst gähnte den Ankömmlingen drohend entgegen. Robin schauderte, als er das Balkengitter über dem Eingang hängen sah, dessen unteres Ende mit messerscharfen Eisenspitzen besetzt war, die jeden aufspießen mußten, wenn bei einem Sturm auf die Stadt die Haltetaue durchgehauen wurden und das Gitter in die Toröffnung rasselte.

„Die Normannen wissen ihren Raub zu schützen", murmelte Richard seinem Enkel zu. „Im Festungsbau sind sie Meister. Deswegen können sie auch ganz England unterdrücken."

Er wurde unterbrochen, denn einer der Wächter erkundigte sich mit barscher Stimme von der Turmplattform herab, was die Sachsen nach Nottingham führe.

„Der Tribut für den Sheriff", antwortete Richard von Locksley kurz.

„Das ist lobenswert", rief der Normanne, „daß ihr endlich kommt. Hättet ihr noch ein paar Tage gezögert, dann hätten wir uns auf eurer Burg selbst bedient, und es hätte dann leicht geschehen können, daß von Locksley kein Stein auf dem anderen geblieben wäre. – Reitet schon in die Stadt, aber benehmt euch anständig, Sachsenpack!"

Bei den letzten Worten war Robin vor Zorn ganz blaß geworden. Da aber sein Großvater die Beleidigung ruhig hinnahm, beherrschte auch er sich und folgte Richard schweigend in die dunkle Toröffnung.

Und nun befand sich Robin Hood, der bisher nur Locksley und die Wälder gekannt hatte, zum erstenmal in seinem Leben in einer Stadt. Obwohl er die Beleidigung durch den Torwächter noch immer nicht überwunden hatte, war er doch tief beeindruckt von dem, was er in Nottingham zu sehen bekam.

Hohe, breitbrüstige Häuser säumten eine Straße, auf der es von Menschen nur so wimmelte. Es schien Robin wie ein Wunder, daß sie sich nicht ständig gegenseitig auf die Füße traten oder in dem Gewimmel zu Fall kamen. Er sah Kriegsknechte, die ihre Pferde zum Hufschmied führten, Handwerker, welche mit den Erzeugnissen ihrer Werkstätten beladen waren und diese zu den Kunden brachten. Er sah zerlumpte Bettler auf den Türschwellen der Häuser kauern und um eine milde Gabe flehen und junge Frauen, ein Joch über dem Nacken, an dem links und rechts je ein gefüllter Wassereimer hing. Dazwischen gab es Mönche mit geschorenen Köpfen und riesigen Holzkreuzen auf der Brust. An der Ecke der Straße, die zum Marktplatz führte, schlug eine schwarzhaarige Frau in den buntesten Kleidern, die Robin je erblickt hatte, auf einer kleinen Handtrommel aufreizende Weisen.

Robin blieb vor Staunen der Mund offen stehen.

„Das ist eine Sarazenin", klärte ihn Herr Richard auf. „Sie mag wohl bei einem der Kreuzzüge mit dem Heer des Königs aus dem Morgenland nach England gekommen sein. Wir sollten uns aber nicht mit ihr abgeben, denn höchstwahrscheinlich handelt es sich um eine verfluchte Zauberin."

Schnell trieb Robin seinen Schimmel weiter, und nun bogen sie auf den Marktplatz von Nottingham ein. Hier ging es eher noch lebhafter zu als vorhin auf der Straße. Sie hatten Mühe, sich mit ihren Pferden einen Weg durch die Menschenmenge zu bahnen. Nachdem sie sich mühsam bis zu einem Wirtshaus durchgekämpft hatten, das durch eine kupferne Kanne über der Tür kenntlich gemacht war, hielt Herr Richard seinen Hengst an und wandte sich erneut an Robin: „Hier kannst du bleiben und dir einen Krug Dünnbier genehmigen, während ich mit den Knechten zur Burg des Sheriffs reite und den Tribut abliefere." Mit diesen Worten warf Richard seinem Enkel ein paar kleine Münzen zu.

Doch Robin war mit Richards Entscheidung gar nicht einverstanden. „Warum kann ich nicht mit zur Burg?" wollte er wissen. „Ich will nicht in diesem dreckigen Gasthaus auf dich warten. Ich möchte lieber sehen, wie die Normannen auf ihrer Feste hausen!"

„Wenn ich dich mitnähme", versetzte Herr Richard, „könnte es leicht sein, daß du länger auf der Burg bleiben müßtest als dir lieb wäre. Denn du bist ein kräftiger junger Bursche, und der Sheriff von Nottingham ist bekannt dafür, daß er stets nach Nachwuchs für seine Kriegsknechte sucht. Es wäre möglich, daß er dich einfach bei sich behielte, und dann müßtest du als der Jüngste unter seinen Söldnern ein äußerst hartes Brot essen."

„Aber ich bin doch Sachse", widersprach Robin. „Wie könnte ich da dem Sheriff dienen?"

„Darauf achtet der Herr von Nottingham nicht, wenn er junge Burschen in seine Armee preßt", antwortete Richard. „Und nun geh ins Wirtshaus und warte dort auf mich!"

Robin gehorchte. Während er über die schmutzige Schwelle trat, ritt Richard wieder an und führte seinen Troß der Burg des Sheriffs zu, die mitten in der Stadt drohend auf einem Hügel thronte.

Robin stolperte in die Wirtsstube. Ausgelassener Lärm schlug ihm entgegen, und er hatte Mühe, seine Augen an das verräucherte Halbdunkel zu gewöhnen. Noch stand er blinzelnd und unschlüssig da, als eine tiefe Stimme an sein Ohr drang: „Nanu, das scheint ja ein Sachsenherrchen aus den Wäldern zu sein, welches es zu uns verschlagen hat. Setz dich hier zum Ofen, junger Mann, dann kannst du zwischen bestem Bier und feurigem Gewürzwein wählen."

Robin erkannte einen vollgesichtigen Mann, der eine grüne Schürze vor dem gewaltigen Bauch trug. Es war offenbar der Wirt dieser Gaststätte. Freundlich grinste ihn der Dicke an, so daß Robin ohne zu zögern an einem grobgefügten Eichentisch nahe des eisernen Ofens Platz nahm, in dem dicke Scheite glühten. Der Wirt baute sich mit verschränkten Armen vor ihm auf. „Nun, was darf es sein?" erkundigte er sich.

„Bring mir einen Krug Dünnbier", forderte Robin.

Doch der Wirt lachte nur und erwiderte: „Dünnbier, das ist nur etwas für alte Weiber. Für ein sächsisches Herrchen,

wie du eines bist, geziemt sich nur das beste braune Porter."
Und schon war er verschwunden, um wenige Augenblicke später mit einem großen Krug zurückzukommen, aus dem sämiger Schaum quoll. Er stellte den Humpen vor Robin auf den Tisch, setzte sich selbst und sagte: „Wohl bekomm's!"

Robin probierte. Das Bier schmeckte kräftig und würzig, und er nahm einen langen Zug. Fast im selben Augenblick fühlte er sich so stark, daß er glaubte, Bäume ausreißen zu können.

„Siehst du, mein Gebräu weckt Tote auf", sagte stolz der Wirt. „Und nun wirst du mir wohl auch erzählen, aus welcher Gegend Englands es dich nach Nottingham verschlagen hat."

„Ich komme von Locksley", entgegnete Robin. „Heute bin ich mit meinem Großvater, Herrn Richard, nach Nottingham geritten, um den Tribut an den Sheriff abzuliefern."

Das feiste Gesicht des Wirts verfinsterte sich. „Diese Tribute sind eine Schande", murmelte er. „Eine Schande für jeden Sachsen und besonders für Richard von Locksley, dessen edlen Namen ich wohl kenne. Es wird ihm hart angekommen sein!"

Robin nickte. Er trank erneut und wollte eben dem freundlichen Gastwirt erzählen, was er selbst von den Normannen hielt, als ein Fußtritt die Tür auffliegen und krachend gegen die Mauer knallen ließ. Auf der Schwelle erschien ein normannischer Kriegsknecht im Harnisch, dessen gerötetes Gesicht und glasige Augen verrieten, daß er an diesem Tag dem Becher bereits stärker zugesprochen hatte, als ihm guttat. Der Normanne schaute sich kurz um, dann kam er schnurstracks auf den Tisch zu, an dem Robin und der Wirt saßen. Schwer ließ er sich auf eine Bank fallen, wobei er mit dem Ellenbogen Robins Bierkrug vom Tisch fegte. Doch das schien der Söldling überhaupt nicht zu bemerken, denn er herrschte sofort den Wirt an: „Branntwein her, aber schnell, sonst mache ich dir mit meinem Schwert Beine, du Sachsenhund!"

Der Wirt war blaß geworden und beeilte sich, das Verlangte zu bringen. Der Dicke schien eine Heidenangst vor dem Kriegsknecht zu haben. Anders Robin. Denn noch nie im Leben hatte ihn jemand derart rüde behandelt, und außerdem kochte das genossene Bier in seinem Blut.

„Herr Normanne", wandte er sich daher keck an den Kriegsknecht, „Ihr habt meinen Krug zu Boden geworfen, und ich fordere Euch auf, für einen neuen zu sorgen, den allerdings Ihr bezahlen müßt."

Langsam wandte sich der Gewappnete um. Erst jetzt schien er Robin überhaupt zu sehen. Er musterte den zwölfjährigen Burschen von oben bis unten, dann brach er in ein dröhnendes Gelächter aus. „Bürschchen", rief er, „du willst mir wohl gar drohen, was? Paß auf, daß ich dich nicht zerquetsche wie eine Laus. Denn es wäre nicht das erstemal, daß ein Sachse um Gnade winselt, wenn ich ihn einmal zwischen den Fingern habe."

In diesem Moment kam der Wirt zurück und stellte einen Zinnbecher voll Branntwein vor den Söldner. Der nahm ihn und leerte ihn auf einen Zug, rülpste und wandte sich erneut Robin zu: „Überhaupt mag ich es nicht, mit einem Sachsenlümmel am selben Tisch zu sitzen. Los, scher' dich weg hier! Du verpestest einem anständigen Normannen die Luft, die hier drinnen ohnehin schon schlecht genug ist." Mit diesen

Worten versetzte er Robin einen Stoß, der ihn von seinem Schemel schleuderte und äußerst unsanft auf den schmutzigen Bodendielen landen ließ. „Hoho", dröhnte es gleich darauf über Robins Kopf, „so muß man einen dreckigen Sachsen behandeln!"

Robin blinzelte verdattert durch die Rauchschwaden, die aus dem schlecht ziehenden Ofen quollen. Doch wenn der Junge erwartet hatte, einer der anderen Gäste würde ihm beispringen, so hatte er sich gründlich getäuscht. Es kam offenbar alle Tage vor, daß Sachsen von betrunkenen Normannen mißhandelt wurden. Denn die übrigen Gäste unterhielten sich ruhig weiter - als wäre überhaupt nichts geschehen.

Robin packte eine Kante des Tisches und wollte sich hochziehen. Aber da ertönte zum zweitenmal das rauhe Gelächter des Kriegsknechts, und ein zweiter brutaler Fußtritt schleuderte den jungen Herrn von Locksley bis in die Mitte der Gaststube. Das war nun aber entschieden zu viel für Robin Hood, der von der heimatlichen Burg her gewohnt war, daß man ihn mit Respekt behandelte. Er sprang blitzschnell wieder auf die Beine, packte eine hölzerne Heugabel, die einer der trinkenden Bauern an seinen Tisch gelehnt hatte und stürzte sich mit dieser ungeschlachten Waffe auf den Normannen.

Einer der gebogenen Zinken traf den Betrunkenen unterhalb des Brustharnisches mitten in den Bauch. Der Normanne stöhnte und stierte aus verquollenen Augen den kecken Angreifer an.

„Ja, so geht's, wenn man einem Mann von Locksley frech kommt!" rief Robin kampflustig und schwang die Heugabel zu einem zweiten Streich.

Doch so betrunken war der Normanne auch wieder nicht, als daß er sich zum zweitenmal hätte gefallen lassen, was er das erstemal hatte hinnehmen müssen. Blitzschnell packte er zu und erwischte Robins Waffe hart hinter den Zinken. Ein Ruck, und die Heugabel befand sich in den kräftigen Fäusten des Söldners. Und nun flegelte der Kriegsknecht auf Robin ein, daß es eine Art war. Der derbe Stiel landete mehrmals unsanft auf dem Rücken des jungen Mannes, und der Kriegsknecht begleitete sein Strafgericht mit den ausgesuchtesten Beschimpfungen. „Du Sachsenfrosch!" schrie er. „Wagst es, einen Mann des Sheriffs anzugreifen! Da nimm! Waldschrat!"

Und wieder mußte Robin einen schlimmen Schlag einstecken. Er taumelte gegen die Wand der Gaststube. Und er hatte sich noch nicht wieder aufgerafft, als der Söldner ihn auch schon erreicht hatte, und ihn, indem er die Heugabel fahren ließ, am Kragen packte und zur Tür zerrte. Ehe Robin sich's versah, hatte sein Gegner die Tür aufgerissen und ihn mit einem fürchterlichen Fußtritt in den Hintern nach draußen befördert. Robin Hood schlug einen gewaltigen Purzelbaum und landete zwischen den Hufen seines Schimmels, den er zuvor draußen angebunden hatte.

Ein paar Passanten lachten. Der Normanne stand blinzelnd unter der Tür des Wirtshauses und schaute sich nach Robin um, dem er seine Lektion wohl noch etwas gründlicher einzubläuen gedachte. Doch der genossene Branntwein trübte ihm sichtlich den klaren Blick; er konnte Robin nicht mehr entdecken, der sich wohlweislich unter dem Pferdebauch, wo er Zuflucht gefunden hatte, mucksmäuschenstill verhielt. So brummte der Kriegsknecht zuletzt nur noch erstaunt in seinen Bart und verschwand wieder in der Wirtsstube. Robin rappelte sich hoch und kroch unter dem Schimmel hervor. Der Straßenkot hatte seine Kleider arg beschmutzt, und sein Selbstvertrauen hatte einen bösen Dämpfer erlitten. Zurück in die Gaststube wagte er sich daher nicht mehr. So blieb der junge Mann, der es gewagt hatte, sich mit einem Normannen anzulegen, kleinlaut stehen, an die Flanke seines Rosses gelehnt. Er wünschte sich nur noch, daß Herr Richard zurückkäme und er mit seinem Großvater die ungastliche Stadt Nottingham verlassen könne.

Richard von Locksley ließ auch nicht allzu lange auf sich warten. Schon nach einer knappen Stunde kam er mit den ledigen Saumtieren und den Knechten von der Burg herbeigetrabt. Als er seinen Enkel in den beschmutzten Kleidern erblickte, zügelte er überrascht seinen Hengst. „Nanu, du siehst ja aus, als sei die Wilde Jagd über dich hergefallen", rief er erstaunt. „Was ist geschehen?"

„Ich hatte eine kleine Prügelei mit einem normannischen Söldling", antwortete Robin nicht ganz wahrheitsgemäß.

„Und dieser Normanne hat dir das Fell gegerbt und dich aus dem Wirtshaus geworfen, nicht wahr?" stellte Herr Richard fest.

Robin nickte.

„Du hattest Glück, daß er dich nicht den Schergen des Sheriffs übergeben hat", bemerkte sein Großvater mit gedämpfter Stimme. „Wie konntest du dich nur mit einem solchen Kerl anlegen?" Als Robin verlegen von einem Bein auf das andere trat, fügte er aber versöhnlicher hinzu: „Na gut, immerhin scheinst du dich wie ein Mann benommen zu haben. Doch jetzt wollen wir machen, daß wir aus der Stadt kommen, ehe man dich vielleicht doch noch ins Loch wirft. Sind wir erst in der freien Heide, dann magst du mir ausführlich erzählen, was geschehen ist. Aber jetzt nichts wie los, damit wir das Stadttor hinter uns bringen!"

Daraufhin bestieg Robin seinen Schimmel, wobei ihn die Glieder ziemlich schmerzten, und folgte dem Troß seines Großvaters. Sie hatten Glück, denn ungeschoren ließ man sie das Stadttor passieren. Danach ging es im Galopp in die Heide hinein, den Wäldern von Locksley zu. Da die Saumtiere nun keine Last mehr zu tragen hatten, konnten sie schnell reiten und hofften, die Burg noch vor Einbruch der Dunkelheit zu erreichen. Unterwegs berichtete Robin Herrn Richard, was sich in der Gaststätte zugetragen hatte.

Zuletzt meinte sein Großvater: „Nun hast du also am eigenen Leibe erlebt, daß mit den Normannen nicht gut Kirschen essen ist – schon gar nicht, wenn sie betrunken sind. Ich hoffe, das wird dir eine Lehre sein!"

„Wird es", bekannte Robin. Doch insgeheim sagte er sich trotzig, daß ihm lediglich ein paar Jahre und ein paar Muskeln mehr gefehlt hatten, um mit dem Normannen so umspringen zu können, wie jener es verdient hatte. Und er wünschte sich, daß diese Jahre, bis er zu einem kräftigen jungen Mann herangewachsen sein würde, möglichst schnell vergingen.

König Löwenherz

Sechs Jahre waren mit frostigem Winter und heißem Sommer, mit mildem Frühling und grauem Herbst über England hinweggegangen. Sechs Jahre, die Robin endgültig zum Mann hatten reifen lassen. Sechs Fuß maß der junge Herr von Locksley nun, und einen betrunkenen Normannenknecht brauchte er jetzt nicht mehr zu fürchten. Robin Hood war so kräftig geworden wie sein Vater Erwein, und im weiten Umkreis der Burg gab es keinen anderen, der es ihm in der Waffenkunst oder auf der Jagd gleichgetan hätte. Dafür war aber das Haar Richards nun endgültig weiß geworden, und die Jahre hatten den Rücken des alten Franklin gebeugt. Und auch in dem immer noch prächtigen Haar von Robins Mutter Gerlinde zeigten sich die ersten grauen Strähnen. Alf, der alte Knecht, war im vergangenen Herbst friedlich verstorben. So hatte es also auf Locksley einige Veränderungen gegeben, doch auch in England selbst war nicht mehr alles beim alten. Große Dinge taten sich im fernen London, und die Kunde davon drang auch in die Wälder von Locksley. Sie kam in Gestalt eines fahrenden Sängers...

Dies alles geschah im Frühling des Jahres 1189.

Robin, der inzwischen nicht mehr den betagten Schimmel, sondern den Streithengst seines Großvaters zu reiten pflegte, kehrte am frühen Abend von einem ausgedehnten Jagdzug zurück. Über der Schulter trug er seinen trefflichen

Langbogen und den Köcher mit den gefiederten Pfeilen; am Sattel des Hengstes hing ein prächtiger Rehbock, dem Robins Geschoß mitten ins Herz gefahren war. Zufrieden lenkte der Reiter sein Roß über die Zugbrücke in die Burg. Doch kaum war Robin neben dem Ziehbrunnen aus dem Sattel gesprungen, da stutzte er überrascht. Denn aus der Halle erklangen Laute, wie man sie auf Locksley nicht zu hören gewohnt war: klingendes Saitenspiel und die melodische Stimme eines Sängers. Auf der Burg mußte ein Vagant, ein fahrender Musikant, eingetroffen sein.

Robin versorgte schleunigst den Hengst, dann brachte er den Rehbock in die Küche, wo sich keine einzige Magd befand. Wahrscheinlich hielt sich das gesamte Gesinde in der Halle auf, um dem Vaganten zuzuhören. Gerade ertönte wieder ein gekonnter Triller auf der Laute, und Robin beeilte sich, den seltenen Besucher ebenfalls zu sehen.

In der Eichenhalle fand er tatsächlich sämtliche Bewohner der Burg vor. Das Gesinde und die Knechte hatten sich in einem Halbkreis um den Sänger geschart; Herr Richard und Gerlinde saßen ein wenig abgesondert auf Schemeln. Der Vagant selbst stand vor dem riesigen Kamin, über dem Schwert und Bogen hingen, hatte ein grünbestrumpftes Bein auf die Brüstung gestellt und sang soeben:

„Wenn die Blumen aus dem Grase dringen
und lachend scherzen mit der hellen Sonne,
im Maienmonat, früh am Morgen, welche Wonne!
Und wenn die zarten Vögelein so herrlich singen,
was käme solcher Schönheit gleich?
Dies ist das halbe Himmelreich!"

Robin, der selbst einen herrlichen Maientag im grünen

Wald verlebt hatte, nickte dem Sänger aufmunternd zu und klatschte in die Hände. „Weiter so, guter Freund", rief er dann. „Du kennst sicher noch andere lustige Lieder."

Der Vagant, der von Kopf bis Fuß in ein Gewand aus grünem Lincolntuch gekleidet war und etwa in Robins Alter stehen mochte, warf einen kecken Blick auf den jungen Burgherrn, wobei ihm der Schalk aus den braunen Augen blitzte. „Gewiß kenne ich noch andere Lieder", antwortete er, „und eines liegt mir ganz besonders am Herzen. Hört nur zu!" Damit griff er erneut in die Saiten seiner zierlichen Laute und sang:

> „So die Verse, wie der Wein!
> ist bei mir zu sagen;
> nie bring ich ein Werk zustand,

fehlt mir was zu nagen;
nimmer taugte, was ich je
schrieb bei leerem Magen –
doch hinterm Glas will mit Ovid
ich den Wettstreit wagen..."

Nachdem der Sänger einen letzten Triller geschlagen hatte, setzte er die Laute ab und schaute abwechselnd Robin und Herrn Richard schelmisch an. Offenbar hatte er mit seinen letzten Versen einen ganz besonderen Zweck verfolgt, und Richard von Locksley begriff sehr wohl.

„Du hast uns mit deinen Liedern große Freude bereitet, guter Mann", wandte er sich an den Vaganten. „Jetzt hast du dir eine Pause verdient. Der beste Wein aus meinem Keller und ein kräftiger Imbiß sollen der Lohn für deine Sangeskunst sein. Nimm Platz an meiner Tafel, dann wollen wir beim Becher fröhlich sein."

Der Sänger ließ sich nicht lange bitten und folgte der großzügigen Einladung. Das Gesinde zog sich zurück, nachdem Wein und Braten aufgetragen waren. Robin, Herr Richard und Gerlinde saßen nun mit dem Fremden allein an dem großen Eichentisch.

Nachdem er einen kräftigen Schluck Wein getrunken und sich ein derbes Stück von der gebratenen Hirschkeule abgeschnitten hatte, erkundigte sich Robin bei dem Vaganten: „Noch nie habe ich einen Sänger wie dich auf Locksley erblickt. Du mußt von weit her kommen, nicht wahr?"

„Ich brauchte einen vollen Monat, um von London aus in diese Wälder zu gelangen", erwiderte der Vagant.

„Von London kommst du? Etwa gar vom Hof König Heinrichs?" mischte sich nun Richard ein.

„Vom Königshof", bestätigte der Sänger, „wo man die Kunst Allans vom Tal wohl zu schätzen wußte."

„Das ist ein Sachsenname, den du führst", stellte Richard erfreut fest. „Dabei glaubte ich stets, König Heinrich würde keinen unseres Blutes in der Nähe seines Thrones dulden?"

„Als Heinrich noch in London herrschte, mußte ich mich allerdings fern von seiner Burg halten", antwortete Allan vom Tal. „Doch der Tyrann ruht schon seit Monaten in seinem steinernen Grab, und im Tower zu London regiert nun ein König, dessen Herz uns Sachsen wohlgesonnen ist. Es ist Richard Löwenherz."

„Bei Gott!" rief Richard von Locksley aus. „Diese Nachricht ist mir eine weitere Gallone meines edelsten Tropfens wert! Denn auf Richard Löwenherz ruhten schon lange die Hoffnungen meines Volkes. Er ist kein mißgünstiger Schinder wie sein Vater. Der Löwenherz, das weiß ich von meinem Nachbarn Athelstaine, will Sachsen und Normannen zu einem einzigen, gleichberechtigten Volk verschmelzen. Ein Segen für England, daß er nun auf den Thron gelangt ist!"

„Das will ich meinen", stimmte Allan zu. „Der erste Erlaß des neuen Königs lautete, daß künftig die Jagd für jeden freien Sachsen wieder erlaubt sein solle. Ihr wißt ja, unter Heinrich durften nur die Normannen sich Hirsch und Wildsau aus den Wäldern holen."

„Nun, wir Sachsen haben es trotzdem gewagt", mischte sich Robin ein. „Wenigstens wir hier im Wald von Locksley fragten nicht nach den Geboten Heinrichs. Erst heute habe ich einen feisten Rehbock erlegt, ohne zu wissen, daß ich damit nicht mehr gegen das Königsgesetz frevelte. Doch trotzdem freut's mich, daß König Löwenherz uns nun die alten Rechte wieder zugestanden hat!"

Allan vom Tal blinzelte Robin verschwörerisch zu und grinste. Robin zwinkerte zurück. Die beiden jungen Männer verstanden sich von Minute zu Minute besser. Es spürte wohl jeder beim anderen denselben kecken Sinn und den unbändigen Drang nach Freiheit, die sich bisher schwer unter das Normannenjoch gebeugt hatten – und nun hoffen durften.

Gleich darauf wurde Allan von einer Frage Gerlindes abgelenkt. „Erzähle uns mehr vom prunkvollen Leben am Königshof", bat sie. „Wie gehen die Damen dort gekleidet? Welche Feste veranstaltet man?"

Allan verzog entzückt das gebräunte Gesicht und antwortete: „Die Damen der Ritter tragen Gewänder aus den feinsten morgenländischen Stoffen. Doch die Schönste unter ihnen ist eine Sächsin. Lady Rowena, die Freundin des Ritters Ivanhoe, den König Richard zu den treuesten seiner Freunde zählt."

„Ist Ivanhoe nicht auch ein Sachse?" erkundigte sich Richard von Locksley erstaunt.

„Und ob er das ist!" bekräftigte Allan. „Ein Sachse aus edelstem Blut sogar. – Ja, es gibt eine ganze Reihe unserer Landsleute, die bei Löwenherz in hohem Ansehen stehen. – Doch Ihr, Madam, wolltet wissen, welche Feste man am Königshof zu feiern pflegt. Ich kann Euch dazu nur sagen, daß es dabei prunkvoller zugeht als selbst in Byzanz, im Palast des Kaisers. Denn König Löwenherz versteht zu leben."

Robin war immer unruhiger geworden und hatte mehrmals hastig getrunken. Jetzt konnte er nicht mehr an sich halten. Er stellte seinen Zinnbecher so hart auf den Eichentisch, daß der Wein überschwappte und rief: „Was ich von König Löwenherz vernommen habe, läßt eine tiefe Sehnsucht in meinem Herzen aufsteigen. Wenn Richard edle Sachsen an seinen Thron zieht, dann muß auch mein Platz bei ihm sein. Denn mein Blut ist nicht schlechter als das jenes Ritters Ivanhoe, von dem du erzählt hast, Allan vom Tal. Am liebsten würde ich noch heute aufbrechen, um recht bald an einem dieser rauschenden Feste im Tower von London teilnehmen zu können!"

Richard von Locksley und Gerlinde starrten den jungen Mann erschrocken an. Dann ging ihr Blick wie hilfeheischend zu Allan vom Tal. „Rede ihm doch diesen Unsinn aus!" stammelte Gerlinde.

Ein Lächeln spielte um Allans Mundwinkel. „Das brauche ich gar nicht", sagte er, „denn selbst wenn Robin heute noch nach London aufbräche, würde er Richard Löwenherz wohl nicht mehr dort antreffen."

„Warum das?" wollte Robin wissen, wobei er die Augen erstaunt aufriß. „Du hast doch eben selbst erzählt, wie Löwenherz in seiner Burg herrscht."

Auch der Herr von Locksley und Gerlinde schauten den Sänger fragend an.

„Die Feste, von denen ich berichtete, wurden vor vielen Wochen gefeiert", antwortete Allan. „Damals hielt sich der König wirklich noch in London auf. Daß ich dann später seine Burg verließ, hatte seinen Grund darin, daß auch Löwenherz aufgebrochen war. Aufgebrochen zu einer langen Fahrt..."

„Zu welcher Fahrt? Rede schon!" rief Robin ungeduldig.

„König Richard hat sich mit seinem ganzen Heer ins Heilige Land eingeschifft", erklärte Allan vom Tal, und jetzt wirkte sein verschmitztes Gesicht plötzlich ganz ernst. „Der Papst in Rom hat alle christlichen Fürsten zu einem Kreuzzug aufgerufen. Denn Jerusalem, wo unser Herr Jesus lebte und den Tod am Kreuz fand, befindet sich schändlicherweise in der Hand der Sarazenen, welche nicht glauben wollen, daß Christus Gottes Sohn war, und statt dessen einem falschen Propheten mit Namen Mohammed anhängen. Und nun will König Löwenherz zusammen mit den Herrschern von Frankreich und Deutschland die heilige Stadt befreien und in Jerusalem ein christliches Königreich errichten."

Als Allan vom Tal geendet hatte, herrschte eine ganze Weile tiefes Schweigen in der Halle von Locksley. Nur die Birkenscheite im offenen Kamin knisterten leise.

Endlich sagte Richard: „Gebe Gott, daß der König heil aus dem Land der Sarazenen zurückkehrt. Denn solch ein Kreuzzug ist wie ein zweischneidiges Schwert. Freilich wäre es eine gute Sache, wenn in Jerusalem ein christlicher König herrschte, doch kann man sich wohl auch fragen, ob es wirklich christlich ist, den Glauben mit der Lanze zu verteidigen. Hinzu kommt, daß so mancher Kreuzzug in früheren Jahren unglücklich ausging. Ich habe gehört, daß die Hitze im Sarazenenland so mörderisch ist, daß gepanzerte Ritter wie die Fliegen umgefallen sind. Die Pest soll dort jahraus, jahrein herrschen, und die Sarazenen selbst sollen nicht anstehen, ganz unritterlich mit vergifteten Pfeilen auf ihre Feinde zu schießen. Gebe Gott, daß England nicht einen Herrscher bekommen hat, der es gut mit uns Sachsen meinte, nur um im Sarazenenland zugrunde zu gehen!"

„Löwenherz ist mit mehr als tausend Rittern und einem unübersehbaren Troß ins Heilige Land aufgebrochen", versuchte Allan den Herrn von Locksley zu trösten. „Außerdem ist der tapfere Ivanhoe sein Schildträger. Der wird schon dafür Sorge tragen, daß kein vergifteter Pfeil und kein Krummschwert dem König schaden kann." Und zu Robin gewandt, setzte der Sänger noch hinzu: „Doch du siehst nun wohl ein, daß dir der Thronsaal Richards, wenigstens vorerst, noch verschlossen bleiben muß?"

„Ich sage dir", antwortete Robin, „hätte ich nur früher vom Kreuzzug des Königs erfahren, ich hätte mich ihm angeschlossen. Doch nun wird mir nichts anderes übrig bleiben, als auf Locksley auszuharren und in den Wäldern Richards neues Jagdgesetz fleißig auszunützen. Kehrt er aber erst zurück, dann will ich ihn in London aufsuchen und einer seiner Ritter werden, das schwöre ich beim Andenken meines tapferen Vaters!"

„Löwenherz kann einen edlen Sachsen wie dich sicher gebrauchen", bestätigte Allan. „Ich werde euch nun erzählen, wie Ivanhoe es anstellte, an seinen Thron zu kommen und zuletzt gar des Königs Schildträger und Freund zu werden..."

Während sie nun einen Becher nach dem anderen leerten, berichtete Allan vom Tal diese Geschichte und noch eine ganze Reihe anderer, so daß es in dieser Nacht ziemlich spät wurde, ehe in der Halle von Locksley endlich die Fackeln gelöscht wurden und die Burgbewohner ihre Lagerstätten aufsuchten. Und selbst dann konnte Robin noch lange nicht einschlafen, denn in seinen Gedanken war er bei König Löwenherz, der jetzt sicherlich schon mit seiner

Flotte über das offene Meer segelte, dem Land der Sarazenen entgegen, wo ihn und sein tapferes Heer so manche Schlacht und so manches Abenteuer erwarteten.

Am nächsten Morgen wußte es Robin so einzurichten, daß er nach dem Frühstück Allan vom Tal im Roßstall traf, wo der Sänger seinen Schecken versorgte. Die Begierde, noch mehr von König Richard Löwenherz zu erfahren, hatte Robin hergetrieben. „Du weißt sicher alles über den neuen Herrn Englands?" wandte er sich an Allan.

„Nicht alles", erwiderte der Sänger lächelnd, „denn ich verlebte ja auch nur ein paar Monate an seinem Hof. Doch wurde mir natürlich einiges zugetragen, und anderes habe ich mit eigenen Augen gesehen. Was willst du denn noch von König Löwenherz hören?"

„Warum er diesen Beinamen trägt", antwortete Robin.

„Nun, das ist schnell erklärt", sagte Allan. „König Richard ist der tapferste Ritter auf unserer Insel. Das hat er oft genug im Kampf und im Turnier bewiesen, wenn er sich mit dem Mut eines Löwen auf seine Gegner stürzte. Das trug ihm den Ehrennamen ein."

„Und doch zeigt er sich so mild gegen uns Sachsen", murmelte Robin. „Das erstaunt mich."

Der Sänger wirkte plötzlich reifer, als seine Jahre vermuten ließen. „Ein wahrhaft tapferer Ritter wird niemals grausam sein und Gefallen daran finden, andere Menschen zu unterdrücken", erklärte er. „So ist es auch mit König Richard. Er braucht uns Sachsen nicht mit gepanzerter Faust zu bändigen, denn er besitzt ein weit besseres Mittel, um zu herrschen. Das ist sein gerechtes Herz, das keinen Unterschied mehr zwischen uns und den Normannen machen will. Ehe er ins Morgenland abritt, sprach König Richard, daß er nur noch ein einziges Volk kenne: das Volk von England."

Robin schwieg. Er war im Haß auf die Normannen erzogen worden und hatte vor Jahren in Nottingham selbst schon böse Erfahrungen mit einem von ihnen gemacht. Doch nun lebte dieser König, den er – obwohl Normanne – beim besten Willen nicht hassen und verabscheuen konnte. Damit mußte Robin Hood erst einmal fertig werden.

Allan schien das genau zu spüren. „Ich hätte große Lust, noch ein paar Tage auf Burg Locksley zu verweilen", sagte er leichthin, „wenn dein Großvater ein paar Schwingen Hafer für meinen Schecken und ein paar Bissen für mich entbehren könnte. Was denkst du darüber, Robin?"

„Daß du bleiben sollst, so lange du willst", rief dieser erfreut. „Wir wollen uns mit Schwert und Lanze messen und zusammen auf die Jagd reiten. Und abends am Kamin mußt du uns noch weitere deiner wunderbaren Lieder vorsingen. Ich hätte sogar selbst große Lust, das Lautenspiel zu erlernen, wenn du mir Unterricht geben wolltest."

Und so geschah es auch. Allan vom Tal, der Sänger mit den kecken Augen, blieb noch volle zwei Wochen auf Locksley. Er und Robin waren bald unzertrennlich, und Robin versuchte sich tatsächlich auf der Laute, wenn er auch keine allzu große Fertigkeit damit erlangte. Tagsüber übten sich die beiden jungen Männer in den ritterlichen Waffen, welche Allan ausgezeichnet zu führen verstand, oder sie ritten auf die Jagd in die weiten Wälder. Und zwischendurch mußte er immer wieder von König Löwenherz erzählen.

Doch nach zwei Wochen wurde Allan unruhig, und er

erklärte den Grund dafür frank und frei: „Ich bin ein fahrender Sänger, und als solcher halte ich es nie lange an einem Ort aus. Seid mir deshalb nicht böse, wenn ich morgen meinen Schecken sattle und weiterziehe. Nach Norden oder Süden, nach Osten oder Westen – wohin der Wind mich weht. Doch zum Dank für die Gastfreundschaft, welche ich auf Locksley erfahren habe, will ich euch zum Abschied mein schönstes Lied vortragen."

Damit griff Allan vom Tal in die Saiten und sang das Lied vom edlen britischen König Artus, der vor vielen hundert Jahren, noch ehe Sachsen oder Normannen auf der Insel gelandet waren, gelebt hatte. Allan sang vom Schwert Excalibur, das Artus durch den Zauberer Merlin erlangt hatte und mit dessen Hilfe er die englischen Stämme zu einem einzigen Volk vereinen konnte. Er sang von der Tafelrunde, an der Artus die edelsten Ritter versammelt hatte, von den Taten, die sie verrichteten, und von der vergeblichen Suche des Königs nach der Gralsburg, in der sie die ewige Seligkeit zu finden hofften. Zuletzt sang Allan von König Artus' Tod, als sein eigener Sohn sich gegen ihn erhob und eine furchtbare Schlacht geschlagen wurde, die kein einziger der Ritter – und auch der König nicht – überlebte. Wieder versank England in Bürgerkrieg und Bruderkampf, ehe – so schloß der Sänger – nun ein neuer Herrscher aufgetaucht war, gerecht und tapfer wie Artus: König Löwenherz. Mit einem Lob auf ihn, der nun wohl schon das Heilige Land erreicht hatte, schloß der Sänger. Begeisterter Beifall von Robin, Richard und Gerlinde dankte ihm.

Früh am nächsten Morgen sattelte Allan vom Tal seinen

Schecken, verabschiedete sich bewegt von den Freunden, die er auf Locksley gewonnen hatte, und versprach, bei Gelegenheit einmal wiederzukommen. Dann lenkte er sein Roß durch das Burgtor und war bald im Forst verschwunden.

Robin schaute ihm noch lange nach. Denn durch Allan vom Tal hatte er zum erstenmal eine Ahnung vom höfischen Leben bekommen und – was mehr war – Kunde von dem guten König Löwenherz erhalten. Er ahnte, daß die nächste Zeit auf der einsamen Burg ihm schwer werden würde.

Eine verhängnisvolle Hirschjagd

Um auf andere Gedanken zu kommen, zog Robin Hood wenige Tage nach dem Abschied von Allan allein auf die Pirsch. Auf einer Lichtung im tiefen Forst, ein paar Meilen auf Nottingham zu, pflegte ein stattlicher zwölfendiger Hirsch zu äsen, und den wollte Robin sich holen. Er ritt das bewährte Streitroß seines Großvaters, hatte sein Schwert am Sattelknauf hängen und den Bogen mit den Pfeilen über der Schulter. Sein grünes Gewand, ein ebensolches, wie Allan es getragen hatte, gab Robin unter dem Laubdach der Eichen gute Deckung.

Die Sonne hatte erst ein Viertel ihres täglichen Weges zurückgelegt, als Robin die Lichtung erreichte. Vorsichtig ließ er sich an ihrem Rand aus dem Sattel gleiten und band seinen Hengst an den nächsten Baum. Dann legte er ihm die flache Hand auf die weichen Nüstern und konnte nun sicher sein, daß das edle Roß ihn nicht durch sein Schnauben verraten würde.

Das Breitschwert, das Robin nur behindert hätte, blieb am Sattelknauf hängen. Doch den Bogen und einen Pfeil trug der Jäger in den Händen, als er sich gegen den Wind vorsichtig auf die Lichtung hinausschob. Und tatsächlich – in einer Nische am gegenüberliegenden Waldrand, die von ein paar Schlehenbüschen gebildet wurde, stand der kapitale Hirsch. Robin Hood hatte während der vergangenen Jahre schon so manchen Prachtburschen auf seine braune Decke gestreckt, doch das Jagdfieber war immer wieder gleich erregend für ihn. So auch jetzt. Als Robin das untere Ende des Langbogens vorsichtig auf den weichen Waldboden setzte, den gefiederten Pfeil auf die Sehne legte und die Waffe spannte, zogen sich seine Augen zu schmalen Schlitzen zusammen. Da – jetzt hatte er das Blatt des Hirsches genau im Visier. Robin zog die Bogensehne so weit zurück, daß die Pfeilspitze fast seine linke Faust berührte. Der Hirsch hob lauschend den schönen Kopf mit dem weitausladenden Geweih. Es hatte ganz den Anschein, als würde er im nächsten Augenblick flüchten.

Robin ließ die Sehne fahren. Ein silberner Blitz flitzte über die Lichtung. Der Rothirsch tat einen krampfhaften Satz, als ihm der Pfeil tief in die Flanke fuhr, dann brach er mit einem letzten Röhren zusammen. Robins Pfeil war ihm nach sauberer Waidmannsart mitten ins Herz gedrungen.

Wäre Robin nicht allein gewesen, dann hätte er jetzt den sächsischen Jagdruf ausgestoßen und sich von einem Knecht den Bruch mit dem Herzblut des erlegten Hirsches reichen lassen. Doch so warf er nur den Bogen über die Schulter und näherte sich langsam dem erlegten Tier. Denn obwohl er stolz auf seinen meisterlichen Schuß sein konnte, tat es ihm doch auch wieder leid, daß er ein Leben ausgelöscht hatte, um für Fleisch für sich und die Menschen auf Locksley zu sorgen.

Der Hirsch regte sich nicht mehr, als Robin sich zu ihm niederbeugte und das scharfe Jagdmesser zog, um die Beute an Ort und Stelle auszuweiden.

Er hatte aber die Klinge noch nicht richtig angesetzt, als ein barscher Ruf ihn zusammenfahren ließ: „Den Dolch weg, verdammter Wilddieb!"

Robin fuhr überrascht hoch und erblickte einen vierschrötigen Kerl, der hinter den Schlehenbüschen hervortrat und in den Fäusten einen gespannten Bogen hielt. Haupthaar und Bart des Mannes waren fuchsrot und verfilzt. Auf dem Schädel trug er einen spitz zulaufenden Spangenhelm und über dem stahlblauen Gewand einen verbeulten Brustharnisch. Das Kleid selbst zeigte an mehreren Stellen das Wappen des Sheriffs von Nottingham, einen schwarzen Turm im weißen Feld. Eine riesige graue Dogge folgte dem normannischen Kriegsknecht auf dem Fuß und knurrte drohend, als Robin unwillkürlich seinen Dolch zückte.

„Hab ich dir nicht befohlen, du sollst das Waidmesser fallen lassen!" drohte der Fuchsrote und kam langsam auf Robin zu. „Weg damit, sonst springt dir mein Hund an die Kehle. Er ist auf Sachsengesindel dressiert!"

Robin warf den Dolch zwar nicht weg, steckte ihn aber immerhin zurück in die Scheide. Die Hand behielt er am Griff und wartete ab, bis der Normanne wenige Schritte vor ihm stehenblieb, ebenso wie die Dogge, die ihn immer noch mit gefährlich gefletschten Zähnen anknurrte.

„Du hast diesen Hirsch gewildert, Bursche", fuhr ihn der Normanne an. „Das wird dir den Kopf kosten!"

Robin Hood schwoll der Kamm. Zornig gab er zurück: „Erstens bin ich kein Bursche, sondern Robin Hood, der junge Herr auf Burg Locksley. Und zweitens kann keine Rede davon sein, daß ich den Hirsch gewildert habe, denn diese Wälder gehören seit undenklichen Zeiten zu Locksley. Und wenn du glaubst, daß ein Sachse nicht auf die Jagd gehen darf, dann hast du dich getäuscht. König Richard von England hat das Waidwerk für alle sächsischen Freisassen erlaubt."

Ein rauhes Gelächter des Normannen war die Antwort.

„Und jetzt halte deinen Hund zurück, damit ich den Hirsch, der mir gehört, ausweiden kann", setzte Robin wütend hinzu.

„Den Teufel wirst du tun", erwiderte der Normanne. „Du kommst mit nach Nottingham, wo man dich auf dem Marktplatz henken wird."

„Den Teufel wird man mich henken", schrie Robin zurück. „Denn das wäre gegen das Gesetz des Königs!"

Wieder lachte der Kriegsknecht höhnisch, ehe er antwortete. „König Richard mag ja irgendwann einmal ein solches Gesetz erlassen haben. Doch jetzt befindet er sich weit weg auf einem Kreuzzug im Heiligen Land, und in England hat sein Bruder, Prinz John, das Sagen. Der Prinz aber hat befohlen, daß kein Stück Wild in England einem schmutzigen Sachsen gehören soll, und deswegen habe ich dich festgenommen, und der Henker soll dir deinen Übermut austreiben." Wieder lachte er spöttisch und fügte hinzu:

„Hast du jetzt begriffen, Robin Hood von der hölzernen Burg Locksley?"

„Und ob", entgegnete Robin, zu seiner eigenen Überraschung ganz ruhig, „ich habe schon begriffen, daß dieser Prinz John den Willen des Königs nicht achtet. Aber trotzdem liefere ich mich dir nicht so einfach aus. Wenn du mich in Nottingham hängen lassen willst, mußt du mich erst überwältigen. Ich warne dich aber, denn ich besitze Waffen, und du bist ebenso allein wie ich." Bei diesen Worten zog Robin den Dolch wieder aus der Scheide.

„Du irrst", erwiderte grinsend der Normanne. „Schau dich einmal um, dann wirst du sehen, daß drei Männer hier sind, um dich nach Nottingham zu schleppen."

Robin warf einen vorsichtigen Blick über die Schulter – und erstarrte. Denn der Kerl in dem verbeulten Brustharnisch hatte nicht gelogen. An der Stelle, wo er den Pfeilschuß abgegeben hatte, traten noch zwei Normannen aus dem Wald. Und einer von ihnen führte Robins Hengst mit sich. Robin biß sich enttäuscht auf die Unterlippe. Denn er hatte gehofft, den Mann mit der Dogge niederschlagen zu können und dann mit Hilfe seines guten Rosses zu entkommen. Jetzt schien dieser Plan leider undurchführbar geworden zu sein.

Der Normanne hatte Robins Blick bemerkt. „Aha, siehst du's jetzt ein, daß Widerstand keinen Sinn hat?" erkundigte er sich spöttisch. „Wir werden dich durchwalken, daß dir Hören und Sehen vergeht, wenn du dich nicht freiwillig ergibst. Also los – her mit dem Dolch und deinem Bogen!"

Robin Hoods Gedanken jagten sich. Wenn er seine Waffen ablieferte, gab er sich vollkommen hilflos in die

Hände dieser Normannen, die nichts anderes im Schilde führten, als ihn in Nottingham hinrichten zu lassen. Gab er jedoch Jagdmesser und Bogen nicht gutwillig her, dann konnte es leicht geschehen, daß ihn seine drei Gegner im Kampf gleich an Ort und Stelle umbrachten. Alles, was Robin tun konnte, war Zeit zu gewinnen...

„Ich ergebe mich, wenn du mir versprichst, daß ich in Nottingham vor ein ehrliches Gericht gestellt werde", sagte er langsam. „Ein Geschworener König Richards soll über mich urteilen." Dabei warf er einen unauffälligen Blick auf die beiden anderen Normannen, die sich mit seinem Hengst näherten. Sie waren jetzt noch ungefähr zwanzig Schritte entfernt.

„Bedingungen willst du also auch noch stellen", schimpfte der Kriegsknecht mit der Dogge. „Aber daraus wird nichts. Du ergibst dich uns auf Gnade oder Ungnade – oder es wird dir verdammt übel ergehen!"

„Aber bedenke doch – ich bin ein sächsischer Edelmann", trotzte Robin. „Ihr dürft mich nicht behandeln wie einen beliebigen Schweinehirten. Es könnte sonst leicht geschehen, daß ihr eine Fehde mit meinem Großvater, dem tapferen Richard von Locksley, an den Hals bekommt."

„Den alten Tölpel, dem die Gicht bereits die Glieder krumm gezogen hat, fürchten wir gewiß nicht", höhnte der Normanne. „Und jetzt genug mit dem Geschwätz. Dolch, Pfeil und Bogen her!"

Robin sah, daß die beiden anderen mit dem Hengst auf fünf Schritte herangekommen waren, und wenn er jetzt nicht handelte, würde er keine zweite Chance mehr bekommen.

„Einen Pfeil sollt ihr haben!" rief er daher, riß blitzschnell

den Bogen von der Schulter und einen gefiederten Schaft aus dem Köcher – und ließ auch schon die Sehne schwirren. Sein Pfeil fuhr dem Normannen, der den Hengst hielt, in den Oberschenkel. Der Söldner ließ mit einem Schmerzensruf die Zügel los und fiel gegen seinen Kameraden. Das hatte Robin Hood bezweckt. Zwei, drei gedankenschnelle Sätze brachten ihn zu seinem Roß und in den Sattel. Doch da schwirrte auch der Pfeil des ersten Normannen heran und riß Robin den grünen Hut vom Kopf, ohne jedoch weiteren Schaden anzurichten. Gleichzeitig sprang ihn aber auch die graue Dogge an. Robin konnte sie nur abwehren, indem er ihr mit dem Stiefel heftig gegen die Nase trat. Der Hund wich jaulend für einen Augenblick zurück. Das benutzte Robin, um dem Hengst die Fersen in die Weichen zu schlagen und in vollem Galopp quer über die Lichtung zu fliehen. Ehe er den Waldrand erreichte, flitzte noch ein weiterer Pfeil an ihm vorbei, traf aber nicht. Dann fand Robin Hood Schutz hinter den ersten Eichenstämmen, wo ihn so leicht kein feindliches Geschoß mehr erreichen konnte. Doch er gönnte sich keine Rast, denn er sagte sich, daß die Normannen seine Verfolgung so sicher aufnehmen würden, wie der Priester nach der Messe das Amen sprach. So konnte er lediglich versuchen, den Gegnern die Jagd so schwer wie möglich zu machen, und trieb deswegen seinen Hengst durch das dichteste Unterholz und dann einen steinigen Hang hinauf, wo die dicht herumliegenden Felstrümmer einem Verfolger die Dinge zusätzlich erschweren mußten. Erst, als er nach einem halsbrecherischen Ritt auf der Kuppe eines buschbestandenen Hügels angelangt war, zügelte er den Hengst.

Wenn die Normannen zu Fuß gewesen waren, konnte er sich nun einigermaßen sicher fühlen. Hatten sie jedoch Pferde bei sich gehabt, dann würde jetzt die wilde Jagd erst richtig angehen. Robin mußte sich Gewißheit verschaffen und spähte mit zusammengekniffenen Augen in die Richtung, aus der er gekommen war. Gleich darauf sah sich Robin in seinen schlimmsten Befürchtungen bestätigt. Zwei der Normannen folgten seiner Spur hoch zu Roß, wobei sie sich von der Dogge führen ließen. Der dritte Mann, sicherlich der mit dem Pfeil im Bein, war höchstwahrscheinlich auf der Lichtung zurückgeblieben. Die Kerle mußten ihre Gäule im Wald versteckt gehabt haben. Die Tatsache, daß sie die Pferde erst aus dem Versteck hatten holen müssen, hatte Robin einen kleinen Vorsprung verschafft. Doch nun würden ihn die Häscher in spätestens einer Minute erreicht haben.

Robin warf seinen Hengst herum und preschte weiter. Er verließ die Hügelkuppe und folgte einem waldigen Hang nach Norden, denn er wollte die Normannen möglichst nicht in die Nähe von Locksley führen. Die ganze Zeit über versuchte er, sich möglichst im Schutz der Baumstämme zu halten, damit die Feinde ihn nicht zu sehen bekamen. Doch Robin mußte schnell feststellen, daß dies ein aussichtsloses Unternehmen war.

Schuld daran war die Dogge. Wo die beiden Reiter wohl gezögert hätten, um Robins Spur zu suchen, stob der riesige Hund unverdrossen über den moosigen Waldboden und schien keinen Augenblick darüber im Zweifel zu sein, wohin sich der Gejagte gewandt hatte. Und zu allem Überfluß kamen die Normannen auch noch unaufhaltsam näher, denn Robin hatte in der Eile der Flucht den Sattelgurt seines Hengstes, den er vor dem Schuß auf den Hirsch gelockert hatte, nicht wieder anziehen können und mußte nun ständig darauf achten, daß er nicht mitsamt dem Sattel einen bösen Sturz tat.

Schon scholl ein rauher Schrei über den Hang: „Gib auf, Sachse! Du entkommst uns nicht mehr!"

Euch schon – aber der Dogge nicht, dachte Robin, und im selben Augenblick war sein Plan fertig. Er lenkte den Hengst hinter einen Felsen, der ihn selbst verbarg, von wo aus er aber den Hund erblicken konnte, sobald der eine etwa fünfzig Schritte entfernte Lichtung erreichen mußte. Dann nahm er Bogen und Pfeil zur Hand.

Zwei, drei Lidschläge später schoß die Dogge ins freie

Gelände. Sie hatte die Schnauze tief am Boden und hielt genau die Richtung auf Robin zu. Der junge Sachse spannte den Bogen, zielte kurz – und schon saß der gefiederte Pfeil im Hals des Hundes, der noch einen krampfhaften Satz machte – und verendete.

Wieder einen Augenblick später zügelten die beiden Normannen ihre Gäule bei der erlegten Dogge und stießen ein zweistimmiges wütendes Gebrüll aus. Sie konnten Robins Standort nicht ausmachen, und der Hund konnte sie nicht mehr führen. So schauten sie mit gezückten Waffen lediglich wild um sich.

Robin Hood benutzte die so gewonnene Galgenfrist, um den Sattelgurt endlich festzuziehen, dann warf er den Langbogen wieder über die Schulter und setzte seine Flucht fort. Dabei änderte er aber vorsichtigerweise die bisherige Richtung, so daß er sich nun im rechten Winkel zu den Normannen nach Osten entfernte. Ein wenig später schlug er wiederum einen Bogen und kam auf diese Weise auf die Hügelkuppe zurück, von wo er kaum zehn Minuten vorher nach seinen Feinden ausgespäht hatte. Jetzt sah er die beiden Normannen, die immer noch bei dem erschossenen Hund hielten. Sich und sein Pferd vorsichtig hinter einem dicken Stamm verbergend, beobachtete Robin sie und sagte sich schließlich, daß seine Gegner offensichtlich die Verfolgung aufgegeben hatten, welche ohne die Dogge sinnlos geworden war.

„Ihr werdet mich nicht in Nottingham hängen", murmelte Robin grinsend. „Dazu gehören ganz andere Leute. Daß ihr den Hund verloren habt und euer Kamerad einen Pfeil im Bein stecken hat, mag euch eine Lehre sein. So schnell werdet ihr euch nicht wieder mit einem Sachsen von Adel anlegen!" Damit gab er seinem Hengst die Fersen und ritt direkt nach Locksley zurück. Den Hirsch freilich mußte er hierlassen. Denn nochmals zur Lichtung zu traben, wo der Verwundete sicher noch lag, wäre denn doch zu leichtsinnig gewesen.

Robin Hood passierte das Burgtor und rief, während er den dampfenden Hengst mit einem Strohwisch abzureiben begann, nach seinem Großvater. Der alte Herr mochte aus Robins Tonfall herausgehört haben, daß etwas Außergewöhnliches geschehen war, denn er kam eilig aus dem Palas, wo er wegen seiner Gicht vor dem wärmenden Kaminfeuer gesessen hatte. „Was brüllst du denn so? Du machst ja das ganze Gesinde rebellisch", fuhr er seinen Enkel an.

„Ich habe einen Normannen verwundet und einen ihrer Bluthunde erschossen", bekannte Robin. „Zwar glaube ich nicht, daß die beiden anderen Kerle es wagen werden, mir hierher zu folgen, doch wir sollten immerhin ein paar Mann auf die Wehrgänge unserer Burg beordern."

„Großer Gott!" sagte Herr Richard betroffen und rief gleich darauf einem der Knechte zu: „Das Tor schließen und die Balken davor!" Dann wandte er sich wieder an Robin: „Du mußt mir genau berichten, was im Wald vor sich gegangen ist!"

„Komm mit in den Stall. Der Hengst hat einen scharfen Ritt hinter sich, und ich will ihn nicht hier im Zugwind stehen lassen", bat Robin. Als sie wenig später das Pferd abgesattelt und abgeleint hatten, begann Robin: „Der Bruder des Königs, Prinz John, hat uns Sachsen die Jagd wieder verboten. Drei Normannenknechte erwischten mich bei einem Hirsch, den ich eben erlegt hatte, und wollten mich hängen." Und dann erzählte er seinem Großvater die ganze Geschichte, die sich draußen im Forst zugetragen hatte.

Als Robin geendet hatte, blieb der Alte für eine ganze Weile stumm. In seine hohe Stirn hatte sich eine tiefe Falte gegraben. Endlich sagte Herr Richard: „Und du hast ihnen also gesagt, daß du Robin Hood von Locksley bist?"

Der junge Mann nickte beschämt. „Ja, jetzt sehe ich selbst ein, daß das ein großer Fehler war. Doch ich dachte eben, mein Name würde ihnen beweisen, daß ich kein Wilddieb bin."

„Wenn Prinz John, von dem man sagt, daß er keinerlei Ähnlichkeit mit seinem Bruder habe und ein grausamer, hochfahrender Herr sei, uns Sachsen die Jagd wieder verboten hat, dann fragen die Normannen nicht danach, ob ein Edelmann oder ein Schweinehirt den Hirsch erlegt hat", knurrte Richard. „Doch das konntest du natürlich nicht wissen. Wichtig ist das jetzt sowieso nicht mehr. Wir müssen vielmehr entscheiden, ob du dich nach diesem Vorfall auf Burg Locksley noch sicher fühlen kannst."

„Aber was wollen denn zwei Normannenknechte und ein Verwundeter gegen die Burg unternehmen?" Vielleicht gar zur Belagerung schreiten?" spottete Robin. „Wenn sie das wagen, reichen unsere Küchenmägde aus, um Locksley zu schützen."

Doch Richard ging nicht auf den spöttischen Ton seines Enkels ein, sondern wiegte statt dessen bedenklich den Kopf.

„Sicher werden die Kerle, denen du so arg zugesetzt hast,

sich nicht allein mit uns anlegen", erklärte er. „Aber ich vermute, daß sie nach Nottingham zurückreiten und dort dem Sheriff berichten, was im Wald vorgefallen ist. Der Sheriff aber ist ein Gefolgsmann von Prinz John, das ist seit langem bekannt, und wird es nicht hinnehmen, daß ein Locksley das Gesetz seines Lehensherrn gebrochen hat. Folglich, so fürchte ich, wird er einen Söldnertrupp aufbieten und mit dem hierher zur Burg kommen, um dich zur Rechenschaft zu ziehen." Der alte Mann streichelte nachdenklich den Hals des Hengstes, dann schloß er: „Doch er mag nur kommen. Du hast nach dem Gesetz König Richards gehandelt und kein Unrecht getan. Das muß auch der Sheriff einsehen, wenn ich erst mit ihm gesprochen habe. Von Prinz Johns Erlaß konntest du schließlich nichts wissen."

Doch nun wurde Robin, der eben noch gespottet hatte, sehr ernst. „Wir beide kennen die Normannen", sagte er. „Deswegen ist es überhaupt nicht sicher, ob der Sheriff wirklich mit dir spricht, sollte er wirklich herkommen. Und ich glaube nun auch, daß er das tun wird. Der Sheriff wird ganz einfach meinen Kopf verlangen, und wenn du mich ihm nicht auslieferst, wird er den Sturm auf die Burg befehlen. Daß wir uns dann nicht lange halten könnten, weißt du selbst. – Ich möchte dich, Mutter und das Gesinde auf keinen Fall in diese Gefahr bringen und halte es deswegen für besser, wenn ich rechtzeitig von hier verschwinde, ehe der Sheriff mit seinen Söldlingen auftaucht. Wenn ich mich für einige Zeit in den Wäldern verberge und auf Locksley nicht zu finden bin, wird der Sheriff euch anderen nichts vorwerfen können."

„Von mir aus hätte ich diesen Vorschlag nicht gemacht,

denn es hätte dann so ausgesehen, als würde ich meine Hand in der Not von dir abziehen", erwiderte Richard nach einer Weile. „Da du aber selbst Locksley verlassen und in die Wälder gehen willst, muß ich dir sagen, daß ich diesen Ausweg für den besten halte. Denn wenn du jetzt auf der Burg bleibst, bestünde tatsächlich Gefahr für Leib und Leben aller Bewohner. Verbirg dich also ruhig für ein paar Wochen oder Monate im tiefen Forst. Wenn dann Gras über die Sache gewachsen ist, kommst du zurück, und wir wollen von der ganzen Angelegenheit nicht mehr sprechen."

Robin drückte seinem Großvater die Hand und fragte nur noch: „Soll ich gleich reiten?"

„Das wird nicht nötig sein", antwortete Herr Richard. „Die Normannen müssen erst nach Nottigham zurück, um dem Sheriff Meldung zu machen. Will er dann nach Locksley kommen, so braucht es gewiß einige Zeit, bis ein Trupp von Reisigen zusammengestellt ist. Deswegen wird es genügen, wenn du uns morgen bei Sonnenaufgang verläßt. Und jetzt komm mit, denn wir müssen deine Mutter über das Vorgefallene aufklären und ihr wohl auch ein wenig Trost zusprechen."

Dies geschah, und wenn Frau Gerlinde auch schmerzlich betroffen war, weil sie ihren Sohn nun vielleicht für Monate nicht sehen sollte, nahm sie sich zusammen und machte Robin den bevorstehenden Abschied nicht schwerer, als er ihm ohnehin schon fiel.

Am nächsten Morgen, als der erste Hahn krähte, verließ Robin Hood auf dem Hengst seines Großvaters die Burg, in der er aufgewachsen und glücklich gewesen war. Er schlug den Weg durch die Wälder nach Norden ein, wo viele

Tagereisen hinter dem Horizont die schottische Grenze lag. Denn dort oben war die Macht der Normannen nicht so stark wie im Süden, und er würde sich sicherer fühlen können, wenn er erst einmal die schottischen Lowlands mit ihren erikafarbenen Heiden erreicht hatte. Doch ehe Robin Hood dort anlangen würde, stand ihm noch ein harter und beschwerlicher Weg bevor.

Prinz Johns Gesetz

Während Robin Hood durch den dichten Forst auf seinem einsamen Weg nach Norden ritt, stand Richard von Locksley zusammen mit seiner Tochter Gerlinde auf dem höchsten Söller der Burg. Auch der Alte und Gerlinde schauten nach Norden, als könnten sie Robin auf diese Weise noch ein Stück das Geleit geben. Beider Herz war schwer, und sie waren tief in Gedanken versunken.

Da ließ sie ein Hornstoß vom südöstlichen Wehrgang her zusammenfahren. Vier-, fünfmal hintereinander ließ der Wächter dort drüben das Instrument schmettern – und das bedeutete, wie alle in der Burg wußten, Gefahr!

Richard von Locksley drehte sich herum, so schnell es seine Gicht erlaubte, und spähte, die Hand über die Augen gelegt, in die Richtung, aus welcher das Warnsignal erklungen war. Frau Gerlinde tat dasselbe, und einen Augenblick später erkannten sie den langen Zug gewappneter Reiter, der sich auf dem Weg nach Nottingham heranwand. An der Spitze des Zuges flatterte ein Banner. Es zeigte einen schwarzen Turm im weißen Feld und gehörte dem verhaßten Sheriff von Nottingham.

„Hol's der Teufel!" wetterte Richard von Locksley. „Das ist der Normanne, der sich an Robin für die erlittene Schlappe rächen will. Bloß gut, daß mein Enkel sich nicht mehr in der Burg aufhält. Der Sheriff wird uns nichts anhaben können. Trotzdem dürfen wir nicht leichtsinnig sein. Ich werde das Tor schließen und die Zugbrücke hochziehen lassen!"

Mit diesen Worten verließ Richard den Söller und hastete die steile Treppe hinunter, die draußen im Burghof endete. Frau Gerlinde folgte ihrem Vater auf dem Fuß.

Im Hof waren bereits die wenigen reisigen Knechte zusammengelaufen, die auf Locksley lebten. Sie hatten in der Eile ein paar Waffenstücke an sich grafft und warteten nun verstört auf die Befehle des Herrn.

„Schließt das Tor und windet die Brücke hoch!" befahl dieser zunächst. „Und dann besetzt die Wehrgänge. Nehmt Bogen und Pfeile mit hinauf."

„Wird es etwa gar einen Kampf geben?" wollte ein Pferdebursche wissen.

„Ich glaube es nicht", entgegnete Herr Richard. „Ich wüßte keinen Grund, warum diese Burg belagert werden sollte. Doch der Ritter, der mit mehr als fünfzig Gewappneten heranzieht, ist der Sheriff von Nottingham. Ein Normanne – und denen ist bekanntlich niemals ganz zu trauen. Also wollen wir uns besser gleich auf das Schlimmste gefaßt machen und uns nachher um so mehr freuen, wenn die ganze Geschichte glimpflich abgeht. – Aber jetzt schleunigst auf die Wälle!"

Die Knechte, leider nur ein knappes Dutzend, gehorch-

ten, und auch Herr Richard erstieg den Wehrgang direkt über dem Tor, welches nun geschlossen wurde. Bogen und volle Köcher wurden von den Frauen herbeigebracht, dann zogen sie sich unter Führung Gerlindes in die Küche zurück, wo sie sich sicherer fühlten. Die Männer jedoch schauten mit versteinerten Gesichtern auf den Heerzug der Normannen, der sich unaufhaltsam heranwälzte und nach etwa einer halben Stunde den schlammgefüllten Burggraben erreicht hatte. Dort zogen sich die Berittenen des Sheriffs auseinander und bildeten eine lange, eisenblitzende Linie. Mit Schrecken erblickten die Männer auf den Wällen die breiten, zweischneidigen Streitäxte der Normannen, ihre langen Schwerter, die nagelbesetzten Keulen an den Sätteln und die gefährlichen bebänderten Lanzen.

Doch die Sachsen blieben auf den Wehrgängen und packten nur ihre Langbogen fester.

Aus der eisengepanzerten Linie der Normannen löste sich nun ein einzelner Ritter. Stahlblau schimmerte seine Rüstung, die seinen Körper vom Kopf bis zu den Füßen bedeckte. Ein Knappe hielt das Banner mit dem schwarzen Turm über seinem Helm, und damit wußten alle in der Burg, daß es sich um den Sheriff von Nottingham selbst handelte.

Eine Weile musterte der Ritter die Verteidiger auf den Wällen, dann öffnete er sein Helmvisier und rief zu Richard von Locksley hinauf, den er wohl an seinem weißen Haar erkannt hatte: „Ich suche Robin Hood, der sich gegen das Gesetz des edlen Prinzen John vergangen und außerdem einen meiner Knechte verwundet und einen meiner Bluthunde getötet hat!"

„Robin befindet sich nicht auf der Burg Locksley", antwortete Herr Richard mit fester Stimme. Und da er eine Lüge einem Menschen wie dem Sheriff gegenüber für durchaus erlaubt hielt, fügte er hinzu: „Ich habe meinen Enkel schon seit Tagen nicht mehr gesehen. Was aber Euren Knecht und den Bluthund angeht, so weiß ich nichts von dieser Sache!"

„Du lügst!" wetterte der Sheriff los. „Robin Hood, der ein gesetzloser Wilderer ist, beging seine Freveltaten erst gestern und ganz in der Nähe von Locksley. Dafür kann ich drei meiner Knechte als Zeugen aufbieten. Und daß der Bursche nach seiner Schandtat Zuflucht in dieser Burg gesucht hat – dafür wette ich ein Dutzend Golddukaten."

„Robin befindet sich nicht auf Locksley – ich schwöre es beim Heiligen Kreuz", beharrte Richard. Dabei schaute er dem Sheriff unerschütterlich fest in die Augen.

Der Normanne schien für einen Moment unsicher zu werden. Denn der Schwur beim Kreuz des Erlösers galt als heilig, und der Ritter wußte, daß kein Sachse ihn je brechen würde.

„Dann ist Robin Hood vor meiner Strafe geflohen", stellte er schließlich fest.

„Ob er geflohen ist oder sich irgendwo in den Wäldern herumtreibt, weiß ich nicht", entgegnete Richard. „Aber auf jeden Fall werdet Ihr ihn auf Locksley ebensowenig finden, wie wenn Ihr ihn im wilden Forst jagen würdet. Denn mein Enkel läßt sich nur von dem aufspüren, den er selbst zu treffen wünscht. Ihr könnt also Eure Streitmacht ruhig wieder abziehen, Sheriff von Nottingham, denn vor den Wällen meiner Burg vertut Ihr nur Eure kostbare Zeit!"

Vom Wehrgang erklang vereinzelt spöttisches Gelächter der Knechte Richards. Die Männer glaubten nämlich, dem Sheriff bliebe nun wirklich nichts anderes übrig, als sich beschämt über seinen erfolglosen Ritt zurückzuziehen. Doch darin hatten sie sich gründlich getäuscht. Richards Antwort hatte den Normannen nur noch wütender gemacht.

„Wenn Robin Hood nach seiner Missetat feige geflohen ist", schrie er zum Torturm hinauf, „dann werde ich mich eben an Prinz Johns Gesetz halten und Euch, Richard von Locksley, für das Verbrechen Eures Enkels bestrafen. Denn das hat der Bruder des Königs befohlen: daß die Sippe eines Sachsen für dessen Taten zu büßen hat, wenn man seiner selbst nicht habhaft werden kann. – Und nun öffnet das Tor gutwillig, Locksley, damit ich auf Eurer Burg Gericht halten kann über Euch!"

Nach diesen Worten des Sheriffs war auf den Wehrgängen zunächst kein Laut mehr zu hören. Selbst Richard stand mit blassem Gesicht da und konnte den Normannen nur entgeistert anstarren. Doch dann schoß ihm die Zornesröte in die Wangen, und er rief hinunter: „Das kann nicht das Gesetz des Königs sein, welches Ihr hier anführt, Sheriff von Nottingham. Einen solchen Erlaß gab es nicht einmal unter dem strengen Regiment Heinrichs – und noch viel weniger unter der Herrschaft von Richard Löwenherz. Was aber Euer Prinz John, der ja nur der Vertreter seines Bruders ist, im Weinrausch ausgebrütet haben mag, das gilt für mich nicht. Zieht Eure Leute von der Burg ab, denn das Tor werde ich Euch nie im Leben öffnen!"

„Du bist ein verdammter Rebell – genau wie dein Enkel!" schäumte der Sheriff und schloß mit einem Schlag seiner gepanzerten Faust das Helmvisier. Seine Stimme klang metallisch-dumpf, als er hinzufügte: „Da du das Tor nicht öffnen willst, werde ich deine Holzburg im Sturm nehmen. Die Folgen hast du dir dann selbst zuzuschreiben!"

„Dazu mußt du erst einmal über den Graben kommen, Normanne", schrie ihm einer der Knechte von Locksley spöttisch zu und legte bedeutungsvoll einen Pfeil auf die Sehne seines Langbogens.

„Das wird schneller geschehen, als du deinen Gänsekiel abschießen kannst", antwortete ihm wütend der Sheriff. Gleichzeitig riß er sein Streitroß herum, gab seinen Reitern einen Befehl und verschwand mit ihnen im gestreckten Galopp in Richtung auf den Wald zu.

Die Sachsen in der Burg schauten sich verdutzt an. Keiner konnte sich das Verhalten des Sheriffs erklären.

„Erst will er den Sturm auf die Burg wagen – und nun zieht

er plötzlich ab", murmelte einer. „Diese Normannen können doch auch nichts besser, als große Sprüche zu klopfen."

„Das glaube ich nicht. In den Augen des Sheriffs stand die nackte Mordlust geschrieben", widersprach ein zweiter. „Was ist denn Eure Meinung, Herr Richard?"

Richard von Locksley spähte, auf sein Schwert gestützt, zum Wald hinüber, in dem soeben der Normannentrupp verschwand. „Der Sheriff zieht sich nicht zurück", antwortete er schließlich. „Er hat gedroht, die Burg zu nehmen, und er wird es auch versuchen. Ich fürchte sogar, daß er uns in weniger als einer Stunde sehr übel zusetzen wird, denn zu seinem Vergnügen ist er nicht in den Forst geritten. Ich ahne, was er vorhat. Sorgt ihr dafür, daß Fackeln und heißes Pech auf die Mauer geschafft werden, damit wir nicht ganz wehrlos sind, wenn der Normanne seinen Plan ausführt." Er gab den Knechten einen Wink zu gehen. Kaum hörbar murmelte er dann noch: „Ich fürchte nur, daß uns das Pech nun auch nichts mehr nützen wird – selbst, wenn wir es faßweise über die Wälle schütten..."

Auch die Knechte hatten nun begriffen, daß der Rückzug des Sheriffs lediglich eine Kriegslist darstellen konnte. Sie beeilten sich daher, alle Pechvorräte, die sich in der Burg fanden, auf den Wehrgang zu schleppen. Gleichzeitig schafften sie eine große Menge Fackeln nach oben, welche in die zahlreich vorhandenen Spalten zwischen den Balken gesteckt wurden. In irdenen Töpfen wurden mehrere Feuer angezündet. Dann nahmen die Verteidiger ihre Posten wieder ein und starrten mit verkniffenen Gesichtern zum Waldrand hinüber. Es war nun ungefähr eine Stunde vergangen, seit der Sheriff seine Drohung ausgestoßen hatte.

Und Richard von Locksley sollte mit seiner Prophezeiung von vorhin recht behalten. Denn plötzlich schien jenseits des Blachfeldes der Wald selbst lebendig zu werden. Zwischen den Rossen der wieder aus ihm hervorbrechenden Normannen schienen sich zahlreiche Bäume und Büsche in Richtung auf die sächsische Burg zu bewegen. Es war ein Bild, das den Verteidigern auf den Wällen das Blut in den Adern erstarren ließ.

Richard von Locksley war der erste, der sich wieder ermannte und auch begriff, was dort drüben am Waldrand geschah.

„Der Sheriff hat seine Leute Bäume und Sträucher fällen lassen, welche sie nun zu unserem Graben schleppen werden, um ihn aufzufüllen und so trockenen Fußes an die Wälle zu gelangen", rief er. „Brennt die Fackeln an, sobald sie damit beginnen, das geschlagene Holz in den Sumpf zu werfen. Wehe uns, wenn es uns nicht gelingt, das Gestrüpp und wohl auch die Stämme in Brand zu stecken!"

Mit blassem Gesicht griff sich nun jeder der Knechte einen Armvoll der bereitgestellten Fackeln. Dann versammelten sie sich bei den Feuertöpfen und schauten mit sehr gemischten Gefühlen zu, wie die Normannen heranrückten.

Das brauchte einige Zeit, denn die Reiter konnte ihre Pferde wegen der Lasten, die sie ziehen mußten, nur im Schritt gehen lassen. Dann endlich waren die ersten nur noch zehn Schritte vom Sumpfgraben entfernt. Wieder hielt sich der Sheriff, der an seinem Banner kenntlich war, ganz vorne. „Du hast mir getrotzt, Richard von Locksley!" rief er zu den Zinnen der Burg hinauf. „Jetzt werde ich dich in deinem Bau heimsuchen und mit dir ebenso umspringen wie der

Jäger mit einem tollwütigen Fuchs!" Und zu seinen Kriegern gewandt, befahl der Ritter: „Macht zu! Füllt den Graben auf!"

„Feuer an die Fackeln!" befahl oben auf der Mauer Richard von Locksley. „Jeder zweite Mann schleudert die Pechstäbe, die anderen gebrauchen ihre Langbogen. Wir wollen doch sehen, ob wir diesem Normannenpack nicht trotzen können!"

Unten flogen Sträucher und abgeschlagene Baumstämme in den Graben. Oben auf der Mauer züngelten die Flammen von den Fackelköpfen. Dann wurden die ersten Feuerbrände in den Sumpf geschleudert, der nun schon nicht mehr so unwegsam war wie eben noch. Doch die Soldaten des Sheriffs traten die Fackeln ohne große Mühe aus. Gleichzeitig flog immer neues Füllmaterial in den Graben. Es konnte nicht mehr lange dauern, bis die Normannen trockenen Fußes bis an die Wälle selbst gelangen und dem Tor mit ihren Streitäxten zu Leibe rücken würden.

Das wußte auch Richard von Locksley, und die Not ließ ihn zu einem Mittel greifen, das er lieber nicht angewendet hätte. Doch es blieb ihm keine andere Wahl. Vereinzelt waren ohnedies schon Pfeile gegen die Soldaten des Sheriffs geflogen, ohne freilich großen Schaden anzurichten. Nun befahl der Franklin: „Alle Mann an die Langbogen! Schießt einen Pfeilhagel!"

Nur einen Augenblick später war die Luft von einem bösartigen Pfeifen erfüllt. Ein Dutzend der langschäftigen Pfeile sauste gegen die stürmenden Normannen, unmittelbar gefolgt von einer zweiten und dritten Wolke. Drei, vier der Kriegsknechte fielen sofort, die meisten anderen schraken zurück und flohen außer Schußweite; ein Teil davon war verwundet. Nur ein paar besonders schwer gepanzerte Söldner hielten sich noch in dem halb aufgeschütteten Graben, wobei sie sich mit ihren hochgeschweiften Schilden schützten. Der Sheriff selbst war ebenfalls geflohen. Zwar konnte ihm in seiner trefflichen Rüstung kein Pfeil etwas anhaben, doch eines der Geschosse hatte sein Roß an der ungeschützten Kruppe gestreift, weshalb es durchgegangen war. Der Ritter hatte große Mühe, es jenseits des Grabens wieder zu bemeistern.

Die Sachsen auf dem Wall ließen ein Triumphgeschrei hören. Doch Richard von Locksley, der danach trachten mußte, den gewonnenen Vorteil auszunützen, rief sie schnell wieder zur Ordnung: „Jetzt neue Brandfackeln hinunter! Eilt euch! Die paar zurückgebliebenen Normannen werden dagegen nichts ausrichten können!"

Die Knechte gehorchten. Funkensprühende Feuerbrände landeten überall in dem aufgeschütteten Reisig und setzten es an verschiedenen Stellen in Brand. Wenn Richards Plan glückte, dann würde der Großteil des Füllmaterials von den Flammen verzehrt werden, und der Burggraben war wieder so unüberwindlich wie vor der Belagerung.

Diese Gefahr erkannte jedoch auch der Sheriff von Nottingham, der sein Streitroß inzwischen wieder in der Gewalt hatte. Jetzt drängte er es mitten unter die Soldaten, welche keine rechte Lust mehr zu haben schienen, einen zweiten Angriff zu wagen und sich erneut dem Pfeilhagel der Verteidiger auszusetzen. Die Sachsen auf dem Wall sahen, daß der Ritter sehr eifrig auf seine Männer einsprach, konnten jedoch kein Wort verstehen. Die Worte des Sheriffs schienen aber zu wirken, denn drüben bei den Normannen erscholl plötzlich Jubelgeschrei. Gleich darauf sahen die sächsischen Kämpfer, wie die normannischen Reiter die schweren Schilde von den Sätteln ihrer Tiere nahmen – die Schilde, die sonst nur dann benutzt wurden, wenn es eine Reiterattacke gegen feindliche Kavallerie galt. Jetzt aber mußten die Sachsen begreifen, daß die fast mannshohen Schilde zu einem ganz anderen Zweck benutzt werden sollten. Als eiserne Mauer nämlich, die gegen jeden Pfeilschuß schützen mußte.

Etwa ein Dutzend der kräftigsten Normannenknechte nahmen die leicht gebogenen Schilde auf und stellten sich so eng nebeneinander, daß zwischen ihnen keine einzige Lücke mehr klaffte. Dann schritten sie langsam wieder gegen den Wall vor. Die restlichen Leute des Sheriffs folgten, wobei sie erneut riesige Bündel von Ästen und Strauchwerk mit sich schleppten. So erreichten die Normannen unangefochten den Graben und konnten im Schutz der Schildträger einerseits ihre Lasten hineinschleudern, andererseits die Brände austreten.

Die Sachsen verzagten dennoch nicht. Pausenlos schwirrten ihre Bogensehnen; eifrig spähten sie nach der kleinsten Blöße, die sich die Gegner gaben. Doch es war sinnlos. Die Pfeile richteten keinen schlimmeren Schaden an, als sich in der Schildmauer festzubeißen, und als die Verteidiger von Locksley es nun wiederum mit geschleuderten Fackeln versuchten, prallten auch diese wirkungslos ab und wurden hohnlachend in den Sumpf getreten. – Es dauerte nicht lange, da füllte das Reisig den Graben auf einer Breite von etwa zwanzig Ellen bis zum Rand auf. Und diese Stelle, welche die Burg nun so verwundbar machte, lag auch noch genau gegenüber des Tores. Im Stoßkeil und im Schutz der Schildträger drangen die Normannen nun gegen die beiden Balkenflügel vor. Schon dröhnten die ersten heftigen Beilschläge gegen das letzte Bollwerk, das die grimmigen Stürmer noch von den Sachsen trennte.

„Alles zu mir!" befahl Richard, totenbleich im Gesicht, und eilte seinen wenigen Kriegern voran zum Torturm, um so die Normannen von oben angreifen zu können. Dort angelangt, packte er eines der kohlengefüllten Tongefäße und schleuderte es hinunter. Seine Leute folgten seinem Beispiel und schmetterten die erstbesten schweren Gegenstände, die ihnen in die Hände kamen, über die Brüstung. Zwei, drei Normannen taumelten verwundet zur Seite. Doch da gellte erneut ein Befehl des Sheriffs über den Kampfplatz, und die Schildträger warfen ihre Tartschen hoch und hielten sie waagrecht über ihre Köpfe, so daß sie nun ein Schutzdach gegen den Geschoßhagel vom Torturm bildeten. Andere rammten schnell dünne Baumstämme unter dieses stählerne Dach und verstärkten es auf diese Weise. Und wieder dröhnten die Streitäxte gegen das Tor, das jetzt praktisch nicht mehr verteidigt werden konnte.

Jetzt mußte Burg Locksley fallen – das erkannte auch Herr Richard. „Das Tor ist nicht mehr zu retten!" rief er durch das Kampfgetümmel. „Die Normannen werden es in wenigen Minuten eingeschlagen haben. Folgt mir zum Bergfried, und nehmt auch die Frauen und Kinder mit. Im Turm können wir uns vielleicht noch halten..."

Die Knechte gehorchten sofort, mußten sie doch fürchten, hier am Tor jeden Augenblick mit den eindringenden Normannen handgemein zu werden. Ein Teil rannte sofort über den Burghof auf den alten Turm zu, der ihnen allein noch Rettung zu bringen vermochte, denn das trutzige Gemäuer war eigens für solche Zwecke erbaut. Doch als sie den Turm erreicht hatten, blieben sie ratlos stehen. Denn der Eingang lag doppelt mannshoch über der Erde – und eine Leiter, um hinaufzugelangen, fehlte. Einer der Knechte erinnerte sich, daß man sie vorhin weggenommen hatte, um leichter auf die Wälle zu gelangen. Er rannte mit einem Kameraden zurück, um sie zu holen...

Richard von Locksley selbst hatte es verschmäht, sich in Sicherheit zu bringen, ehe er dasselbe von den Frauen und Kindern sagen konnte. Er war zur Küche geeilt, wo sich die kampffähigen Bewohner der Burg aufhielten. Einige Knechte waren ihm gefolgt. Die Männer hatten jedoch den Gebäudetrakt noch nicht ganz erreicht, als ihnen die Weiber und Kinder bereits entgegenkamen. Auch sie hatten begriffen, daß ihnen nur noch der Turm Schutz bieten konnte. Dorthin ging nun die allgemeine Flucht, wobei sich Gerlinde nahe bei ihrem Vater hielt. Beiden war das Grauen im Gesicht geschrieben.

„Wir sind verloren", keuchte Gerlinde. „Doch Gott hat es gefügt, daß Robin rechtzeitig fliehen konnte. So wird wenigstens er diesen normannischen Mordbuben nicht zum Opfer fallen!"

„Vielleicht können wir verhandeln, wenn wir uns erst im Turm verschanzt haben", gab Herr Richard, ebenfalls ganz außer Atem, zurück. „Wir dürfen die Hoffnung nicht aufgeben!"

Zusammen mit den anderen erreichten sie den Fuß des Bergfrieds. Gleichzeitig keuchten die beiden Knechte mit der Leiter heran, die sie mit einem einzigen Schwung gegen die Turmmauer lehnten.

„Zuerst die Frauen und Kinder!" befahl Richard. „Wir anderen werden dann..."

Der Herr von Locksley konnte den angefangenen Satz nicht mehr beenden, denn mit einem furchtbaren Krach wurde das Tor im Norden des engen Burghofes zerschmettert. Brüllend erschienen die ersten Normannen. Unter den Frauen und Kindern, die sich eben anschickten, die Leiter zu erklimmen, brach Panik aus. Entsetzte Schreie hallten von den hohen Mauern ringsum wider. Richard und seine wenigen Knechte umkrampften ihre Waffen, denn nun war es klar, daß sich niemand mehr im Bergfried in Sicherheit bringen konnte. Der letzte Kampf mußte ohne Schutz gegen eine vielfache Übermacht ausgetragen werden!

Und die Normannen schienen nun die Entscheidung in einem rasenden Sturmlauf erzwingen zu wollen. Äxte und Speere flogen wahllos gegen Männer, Frauen und Kinder. Feuerbrände prallten gegen die Quadern des Bergfrieds und fielen zurück zur Erde, wo mehrere Strohhaufen lagen. Das ausgetrocknete Material stand sofort in Flammen, und blitzschnell erfaßte das Feuer auch die Leiter.

Dann waren auch schon die ersten Söldner des Sheriffs von Nottingham heran und hieben mit Schwertern und Schlachtbeilen auf die Sachsen ein. Richard und seine Knechte hatten sich vor die wehrlosen Frauen und Kinder geworfen und versuchten einen letzten, verzweifelten Widerstand. Doch schon lag die Hälfte von ihnen tot oder verwundet am Boden.

Der Rest, sogar Herr Richard selbst, hätte nun liebend

gern eine bedingungslose Übergabe angeboten – wenn die Normannen ihnen dazu auch nur die geringste Möglichkeit gelassen hätten. Doch das war nicht der Fall. Im Gegenteil. Denn nun jagte der Sheriff selbst auf schäumendem Schlachtroß in den Burghof, schwang sein Schwert und befahl mit Donnerstimme: "Keine Schonung den Sachsenhunden! Ich will dieses verfluchte Rebellennest einer Viehweide gleichmachen!" Damit trieb er sein Roß in den dichtesten Knäuel der Kämpfenden, wo Richard von Locksley mit dem Mut der Verzweiflung focht. Helm und Schild hatte der alte Franklin verloren, nur das nackte Schwert war ihm noch geblieben.

Trotzdem leistete er dem Sheriff, der es allein auf ihn abgesehen zu haben schien, tapferen Widerstand. Mehrere wuchtige Streiche des Normannenritters vermochte er abzuwehren, ja, sein eigenes Schwert schlug sogar ein paar tiefe Scharten in den Schild des Feindes.

Doch dann ließ ein schriller Warnruf Gerlindes den Franklin zusammenzucken. Richard fuhr herum – und erkannte das Beil, das einer der Kriegsknechte gegen seine Beine geschleudert hatte. Er sah die Waffe – doch ihr auszuweichen vermochte er nicht mehr. Der Herr von Locksley strauchelte und prallte gegen die Brust des wild stampfenden Hengstes, auf dem der Sheriff saß. Und der schlug erbarmungslos zu. Sterbend sank Herr Richard unter die Hufe des Schlachtrosses.

Als die Sachsen ihren Herrn fallen sahen, brach ihre Gegenwehr schlagartig zusammen. Sie warfen ihre Waffen weg und flohen. Die Frauen und Kinder waren nun vollkommen schutzlos. Gerlinde sank auf die Knie und hob flehend ihre Hände zum Sheriff auf. „Gnade! Schont doch wenigstens die Wehrlosen!" rief sie dem normannischen Ritter zu.

Doch der lachte nur höhnisch und rief: „Ihr habt einem zur Flucht verholfen, der sich gegen unser Gesetz stellte. Jetzt werdet ihr alle dafür büßen – denn das ist Prinz Johns Gesetz!" Und mit dem letzten Wort traf sein Schwert auch Gerlinde und schleuderte sie sterbend neben ihren Vater.

Mehrere Normannen hatten entsetzt den feigen Meuchelmord mit angesehen und wichen nun mit bleichen Gesichtern zurück, wobei sie ihre Waffen ruhen ließen. Das gab den Frauen mit den Kindern Gelegenheit zur Flucht. Sie erklommen die Wälle und sprangen draußen todesmutig in den Burggraben. Andere entkamen durch das zerschmetterte Burgtor, denn die Normannenknechte, welche mehr

Herz besaßen als ihr Anführer, stellten sich ihnen nur noch halbherzig in den Weg. Nur den Sheriff selbst hatte der unritterliche Mord noch rasender gemacht.

Eigenhändig raffte er einen Feuerbrand auf und schleuderte ihn in das Gebälk des Palas, des Hauptgebäudes der Burg. Die rohesten unter seinen Knechten folgten seinem Beispiel. „Brennt alles nieder", wütete der Sheriff von Nottingham. „Macht das verdammte Rattennest dem Erdboden gleich!"

Es dauerte nicht lange, bis die Feuersbrunst die ganze Burg ergriffen hatte und die Normannen sich vor der wahnsinnigen Hitze zurückziehen mußten. Draußen auf dem Blachfeld versammelten sie sich und starrten auf die Lohe, die funkensprühend zum Himmel schoß, während sich die wenigen überlebenden Sachsen zitternd in den umliegenden Wäldern verkrochen.

Erst als der Brand wieder in sich zusammenfiel und nur noch rauchende Balken und geschwärzte Steine den Platz bezeichneten, wo noch vor wenigen Stunden Burg Locksley gestanden hatte, bestiegen die Mordbrenner ihre Rösser und zogen nach Nottingham ab.

Am rauchverhangenen Himmel sammelten sich die Geier, gefiederte Totengräber, und begannen über der Trümmerstätte zu kreisen.

Robins Schwur

Während auf die beschriebene Weise Burg Locksley innerhalb weniger Stunden belagert, eingenommen und zerstört wurde, war Robin Hood mit schwerem Herzen, doch in zügigem Trab stetig nach Norden geritten. Bis zum Mittag hatte er auf diese Weise etwa zehn englische Meilen zurückgelegt, und als er nun einen haselstrauchbewachsenen Hügel erreichte, schwang er sich aus dem Sattel, um seinem Hengst ein wenig Ruhe und sich selbst einen Imbiß zu gönnen. An einem Kanten Roggenbrot und einem Streifen Räucherspeck kauend, lehnte Robin am schlanken Stamm einer Birke und dachte an seine Verwandten auf Locksley, die er wohl nun für lange Zeit nicht wiedersehen würde.

Da fiel sein Blick plötzlich auf eine Rauchsäule, die sich weit im Süden über das Wäldermeer erhob und innerhalb kürzester Zeit zu doppeltem und dreifachem Umfang aufschwoll. Zunächst begriff Robin gar nicht, was er da sah – doch dann krampfte es ihm auf einmal schmerzhaft das Herz zusammen, denn das Feuer mußte genau an dem Ort wüten, wo Burg Locksley lag.

„Alle Heiligen im Himmel!" murmelte Robin. „Es ist gar nicht anders möglich – der rote Hahn muß auf dem Dach Richards sitzen. Ich muß sofort zurück, um Großvater und Mutter beizustehen – Normannen hin oder her!" Dabei kam es Robin jedoch gar nicht in den Sinn, daß die heimatliche

Burg etwa gestürmt und gebrandschatzt sein könnte. Er nahm vielmehr an, das Feuer müsse durch eine Unachtsamkeit ausgebrochen sein, so wie es auf den hölzernen Sitzen der Sachsen des öfteren passierte.

Die Angst um seine Angehörigen trieb Robin mit einem einzigen Sprung zurück in den Sattel. Der Hengst, der die Sporen noch nie so schmerzhaft gefühlt hatte, wieherte erschrocken und stieg. Mit eiserner Faust brachte Robin ihn wieder zur Räson, dann jagte er in vollem Galopp den Hügel hinunter und den Weg zurück, den er eben erst gekommen war.

Als er sich wieder im Wald befand, war die Rauchsäule am Horizont nicht länger sichtbar, doch die Richtung nach Locksley fand Robin auch so. Er holte aus seinem Hengst alles heraus, was dieser zu leisten imstande war. Bald war das Roß von den Nüstern bis zum Schweif mit gelben Schaumflocken bedeckt. Robins Gesicht, Hals und Hände trugen die Spuren von Zweigen, die ihn während des rasenden Ritts getroffen hatten. Doch darauf achtete er gar nicht. Robin hatte nur ein einziges Ziel: So schnell wie möglich zur Burg zu gelangen, wo er seine Angehörigen und Freunde in Gefahr wußte.

Trotzdem dauerte es mehr als vier Stunden, und die Sonne stand nun schon sehr schräg, ehe Robin den Eichenforst erreichte, hinter dem das Blachfeld und die Burg lagen. Er stand nun in den Steigbügeln, um dem keuchenden Hengst die Last möglichst zu erleichtern. Die letzte halbe Meile erschien ihm endlos. Doch endlich preschte der Hengst zwischen den letzten Baumstämmen heraus – und der grauenhafte Anblick, der sich ihm bot, traf Robin wie ein

Blitzschlag. Er riß das Pferd in die Hanken und starrte mit offenem Mund auf die Trümmer von Burg Locksley. Nur nackte Mauerreste gab es dort noch zu sehen; alle Gebäude, welche aus Holz bestanden hatten, waren in Schutt und Asche gefallen. Träger Qualm wälzte sich über der Unglücksstätte, und darüber kreisten immer noch aufgeregt Dutzende von abstoßenden Geiern.

Außer diesen braungefiederten Aasfressern jedoch entdeckte Robin Hood keine Spur von Leben mehr. Er hatte erwartet, die Burgbewohner außerhalb der Brandstätte zu finden, doch das Blachfeld lag leer da; weit und breit war keine Menschenseele zu sehen. Robin spürte, wie ihm heiße Tränen in die Augen schossen und es ihm die Kehle zusammenschnürte. Doch der junge Sachse riß sich zusammen. Er durfte seinem Schmerz nicht nachgeben – er mußte hinüber zur zerstörten Burg, mußte nachsehen, ob er nicht doch noch irgend jemandem Hilfe bringen konnte. Er spornte den Hengst an, doch das verstörte Tier weigerte sich, näher an die glosende Trümmerstätte heranzugehen. Deshalb schwang Robin sich aus dem Sattel, warf die Zügel über einen Zweig und rannte über das Blachfeld.

Er erreichte den Graben an der Stelle, wo er durch Reisig und Gestrüpp bis zum Rand aufgefüllt war. Einen Augenblick starrte er den Platz an, ohne zu begreifen – und dann wußte er plötzlich, daß es Feinde gewesen sein mußten, die den Brand gelegt hatten. Die Überreste des zertrümmerten Burgtors bestätigten diese entsetzliche Gewißheit noch. Als Robin den rauchgeschwärzten Torbogen durchschritt, riß er das Schwert aus der Scheide. Mit gezückter Klinge betrat er den rauchenden Burghof.

Doch wenn er vermutet hatte, hier drinnen noch auf Feinde zu stoßen, so hatte er sich gründlich getäuscht. Es gab auch hier kein Anzeichen von Leben mehr. Robin warf das Schwert zurück in die Scheide und wandte sich nach rechts. Gleich darauf stieß er einen unterdrückten Schrei aus, denn er hatte den ersten Toten entdeckt. Robin erkannte einen der Stallburschen, der halb unter den Trümmern des herabgestürzten Wehrganges lag. Daß jedoch nicht die herunterbrechenden Balken schuld am Tod des Knechts waren, war deutlich zu sehen. Denn der Schädel des Burschen zeigte eine blutige Wunde, und neben ihm lag ein zerbrochenes Schwert. Der Knecht war im Kampf gefallen.

Nur allmählich erfaßte Robin die Tragweite dieser schrecklichen Katastrophe. Eine dumpfe Ahnung trieb ihn quer über den Burghof zum Bergfried. Auch hier war die Erde von herabgestürzten Trümmern bedeckt, doch der Platz, wo Richard von Locksley und seine Tochter inmitten anderer Toter lagen, war verschont geblieben.

Mit brennenden Augen starrte Robin auf die Schwertwunde in der Brust seines Großvaters und auf seine Mutter, die halb über ihm lag, das lange Haar aufgelöst und vom Blut besudelt. Robin starrte die beiden Leichen an, als sähe er Gespenster. Er brachte keinen Ton heraus; er blieb stumm, obwohl ihm die Qual die Kehle zu zersprengen drohte. Dann sank er langsam auf die Knie und warf sich über die Toten, die einzigen Verwandten, die er auf dieser Erde besessen hatte.

Die Zeit wurde bedeutungslos für Robin Hood. Er verharrte in dumpfer Betäubung, als hätte man ihn selbst mit einer Keule auf den Schädel geschlagen.

Und als er sich endlich wieder aufzurichten vermochte, waren Stunden vergangen, und die Sonne berührte im Westen bereits den Horizont. Das Abendrot schien einen blutigen Schein über die Leichen und die zerstörte Burg zu werfen. Robin schauderte. Doch die schlimmste Betäubung war nun von ihm gewichen, und er sagte sich, daß er seine Pflicht an den Toten erfüllen müsse. Er mußte die Leichen begraben, ehe die Aasgeier über sie herfielen.

In den Trümmern des Gesindehauses fand er eine Schaufel mit angekohltem Stiel. Und da nicht anzunehmen war, daß Burg Locksley je wieder aufgebaut werden würde, konnte Robin die Toten ebensogut im früheren Burghof begraben. Er schaufelte eine Grube hart am Fuß des rauchgeschwärzten Bergfrieds für seinen Großvater und seine Mutter. Die Mägde und Knechte erhielten ein Massengrab daneben. Als Robin sein Werkzeug endlich weglegen konnte, stand bereits der Vollmond hoch am Himmel. Mit Hilfe seines Dolches verfertigte der junge Edelmann noch zwei einfache Kreuze und befestigte sie auf den Grabhügeln. Zuletzt sprach er ein Gebet und machte sich auf den Weg zu seinem Pferd. Denn länger als notwendig wollte er nicht in der Ruine bleiben, unter deren Trümmern seine Jugend begraben lag und die liebsten Menschen, die er auf Erden besessen hatte.

Robin Hood hatte sich vorgenommen, noch in derselben Nacht wegzureiten. Als er seinen Hengst erreichte, der ihn schnaubend begrüßte, nahm er ein Stück Brot aus der Satteltasche und zwang sich zu essen. Danach wollte er sich eben wieder auf den Rücken des Pferdes schwingen, als er aus einem nahen Gebüsch ein Geräusch hörte.

Robins Nerven waren bis zum Bersten angespannt. Deswegen riß er sofort das Schwert aus der Scheide, zückte es und rannte zu dem Gestrüpp. Er hätte zugestochen, wenn er nicht plötzlich eine vertraute Stimme vernommen hätte: „Haltet ein, um Christi willen, Herr Robin!" Es folgte ein weiteres Rascheln, dann hörte er noch: „Ich bin's – Margaret."

„Die Küchenmagd Margaret?" wollte Robin wissen.

„Ja", klang es aus dem Gebüsch. Gleich darauf teilten sich die Zweige, und in dem gelben Mondlicht konnte Robin Hood tatsächlich die betagte Frau erkennen, die ihm schon als Knaben so manchen Leckerbissen zugesteckt hatte. Jetzt lief sie die paar Schritte bis zu ihm und warf sich vor Robin auf die Knie. „Herr", jammerte sie, „es ist ein Wunder, daß wir beide überlebt haben. Denn ich glaube, daß die Schergen des Sheriffs alle außer uns getötet haben!" Ein Schluchzen schüttelte die krumme Gestalt der alten Frau.

„Die Schinder des Normannen also!" murmelte Robin. „Ich hab's geahnt." Gleichzeitig stieß er das Schwert in die Scheide, beugte sich nieder und zog Margaret zu sich hoch. Er legte den Arm um sie und führte die Weinende vorsichtig zu seinem Pferd. Dann nahm er seine Schlafdecke vom Sattel, breitete sie auf dem Boden aus und bat die Magd: „Setz dich und berichte mir alles, was geschehen ist."

„Es war der Sheriff von Nottingham", wiederholte Margaret. „Er kam mit einem großen Trupp Reisiger und wollte Euch wegen einer unerlaubten Jagd gefangennehmen. Da Ihr Euch jedoch nicht in der Burg befandet und Herr Richard das Tor nicht öffnen wollte, befahl der Unhold den Sturm . . ."

Robin Hood wurde zwischen Grauen und heißem Haß hin

und her gerissen, als er nun aus dem Mund der Magd die ganze schreckliche Geschichte vernahm.

„Ich konnte mich retten, weil die Mörder auf ein altes Weib wenig achteten", schloß Margaret endlich. „So entkam ich durch das Tor und versteckte mich im Wald. Ich sah die Normannen abziehen und später einen einzelnen Reiter kommen. Das wart Ihr, Herr Robin, doch ich war zu weit entfernt und erkannte Euch nicht. Während Ihr in der Ruine weiltet, schlich ich näher. Und als Ihr nun wieder herauskamt, sah ich Euer Gesicht und machte mich bemerkbar."

Mitleidig betrachtete Robin Hood die treue Magd. „Was wirst du nun anfangen?" wollte er wissen.

Die Frau seufzte. „Hier in der Gegend mag ich nicht bleiben. Die Bilder der Erschlagenen würden mir in meinen Träumen erscheinen. Ich habe aber noch eine verheiratete Schwester im Süden, in Kent, und zu ihr will ich gehen. Rosalind und ihr guter Mann werden mich aufnehmen."

„Es ist aber ein weiter Weg nach Kent", stellte Robin Hood fest. „Du wirst unterwegs Nahrung kaufen und für ein Bett bezahlen müssen. Hier nimm!" Damit griff er in seinen Beutel und zog eine Handvoll Silbermünzen heraus, die gesamte Barschaft, die er besaß. Er drückte das Geld Margaret in die verarbeitete Hand und sagte: „Das wird bis Kent reichen. Nun geh mit Gott!"

„Er vergelte Euch die Wohltat tausendmal", stammelte die Alte. „Doch wie werdet Ihr Euch nun durchschlagen, wenn Ihr mir Euer Silber gebt?"

„Darüber sollst du dir keine Sorgen machen", erwiderte Robin Hood düster. „Ich werde schon wieder zu Silber – und auch zu Gold kommen, darauf kannst du dich verlassen.

Doch nun geh. Wenn du die Nacht über wanderst, erreichst du am Morgen das nächste Dorf im Süden."

„Gott segne Euch", antwortete Margaret. „Ich will tun, was Ihr mir befohlen habt." Damit küßte sie Robins Hand, wandte sich um und war bald in der Nacht verschwunden.

Robin Hood selbst blieb noch lange bei seinem Pferd stehen und starrte zu den Trümmern von Locksley hinüber. „Es war also der verfluchte Normanne, der Sheriff von Nottingham", sagte er endlich laut. „Und er verübte den Frevel im Namen seines Herrn, des ungerechten Prinzen John. Wohlan – die beiden haben mir alles genommen, was ich auf Erden besaß. Sie haben mich zum rechtlosen Landflüchtling gemacht, doch damit bin ich auch zum Gesetzlosen geworden. Jawohl, ein Gesetzloser will ich sein!"

Den letzten Satz hatte Robin Hood mit lauter Stimme in die Nacht hinausgerufen. Nun riß er erneut das Schwert aus der Scheide, reckte es gegen die zerstörte Burg Locksley und fügte hinzu: „Ich schwöre, daß ich diese Schandtat am Sheriff und an Prinz John rächen werde. Ich, ein edler Sachse, erkläre diesen Bastarden den Krieg. Von heute an soll kein Normanne mehr vor Robin Hood sicher sein! Ich will diese Brut bekämpfen, wo ich sie treffe, bis ich Genugtuung erhalten habe und in England wieder das Recht herrscht!"

Niemand hatte die Worte Robin Hoods gehört. Nur der volle Mond war Zeuge geworden. Doch für den jungen Locksley würde der Schwur so unverbrüchlich gelten, als hätte er ihn vor dem Altar des heiligen Thomas von Canterbury geleistet.

Allan in Bedrängnis

Im Norden bildete ein schäumender Wildbach die Grenze des Waldes von Locksley, und am jenseitigen Ufer begann der Sherwood-Forst, der seit uralten Zeiten den Grafen von Nottingham gehörte. Jetzt, unter der unseligen Regentschaft des Prinzen John, herrschte der Sheriff von Nottingham über diesen Forst. Wo in früheren Jahrhunderten Sachsengrafen das lustige Waidwerk gepflegt hatten und dabei auch ihre Untertanen nicht zu kurz kommen ließen, wachte nun der adlige Büttel des grausamen Prinzen eifersüchtig über Hirsch, Wildschwein und Reh. Schon lange hatte sich deswegen kein Sachse mehr in den Sherwood-Forst gewagt. Denn wäre er dort auf Normannen gestoßen, so wäre ihm ein schlimmes Schicksal gewiß gewesen – ganz gleich, ob der Sachse nun eine verräterische Jagdwaffe bei sich trug oder nicht. Es war also für jeden, der keinen normannischen Namen führte, gefährlich, sich in den Sherwood-Forst zu begeben.

Und doch ritt dort, wenige Tage nach den fürchterlichen Ereignissen auf Burg Locksley, ein Mann durch den Wald, dem man auf den ersten Blick ansehen konnte, daß er nicht in einer normannischen Burg zur Welt gekommen war. Das bewies schon sein Wams aus grünem Lincolntuch, welches zu jener Zeit ausschließlich von Sachsen getragen wurde. Auch seine kecken braunen Augen ließen auf eine andere Abstammung als eine normannische schließen. Außerdem wäre es einem der kriegerischen Nordmänner nie eingefallen, eine buntbebänderte Laute an den Sattel zu schnallen, wie dies der junge Mann getan hatte. Und während er nun seinen Schecken geruhsam dahinschreiten ließ, griff er sogar nach dem Musikinstrument, zupfte die Saiten und sang dazu:

„Wenn die Blumen aus dem Grase dringen
und lachend scherzen mit der hellen Sonne,
im Maienmonat, früh am Morgen, welche Wonne!
Und wenn die zarten Vögelein so herrlich singen,
was käme solcher Schönheit gleich?
Dies ist das halbe Himmelreich!"

Es war das Lied, welches erst kürzlich auf Burg Locksley erklungen war, als man dort noch nichts von Brand und Mord geahnt hatte, und der Sänger war kein anderer als Allan vom Tal, der seine Kunst vor dem Thron König Richards gezeigt hatte, ehe Löwenherz zum Kreuzzug aufgebrochen war.

Als Allan die erste Strophe beendet hatte, dreht er an einem Wirbel am Lautenhals, um sein Instrument nachzustimmen, und wollte eben erneut ansetzen, als er von einem barschen Ruf gestört wurde: „Halt da, Grünspecht! Laß dich ein wenig ansehen!"

Gleichzeitig ritt ein normannischer Kriegsknecht aus dem Unterholz seitlich des Waldpfades und versperrte mit seinem schweren Roß dem Sänger den Weg. Allan zügelte seinen Schecken, verwahrte die Laute und erkundigte sich erstaunt: „Was willst du von mir? Siehst du denn nicht, daß ich nur ein fahrender Sänger bin?"

„Eher ein Gimpel, der mit seinen Liedern die Sachsen zur

Rebellion verleitet", gab der Normanne zurück. „Weißt du denn nicht, daß nur der Sheriff von Nottingham und seine Leute diesen Wald betreten dürfen?"

„Das ist mir allerdings neu", antwortete Allan vom Tal. „Aber wenn es das Gesetz des Sheriffs ist, dann will ich, so schnell mein Pferd mich tragen kann, aus dem Sherwood-Forst verschwinden."

Damit wollte der Sänger sein Tier um das Schlachtroß des Normannen herumlenken. Doch dieser griff ihm in die Zügel, stieß einen schrillen Pfiff aus und befahl: „Nichts da! Jetzt haben wir dich einmal, und du sollst uns nicht so einfach davonkommen. Am besten, du steigst von deinem Pferd, sonst begehst du am Ende noch eine Dummheit, Grünspecht."

Allans Brauen hoben sich zornig, und er machte Anstalten, sein Roß anzutreiben und zu fliehen. Doch da brachen drei weitere Normannen auf schweren Schlachtpferden durch das Unterholz und umringten den Sänger. Sie alle trugen das Wappen des Sheriffs von Nottingham auf den Brustharnischen.

Einer packte Allan am Arm und höhnte: „Wolltest wohl gerade Fersengeld geben, Liedermacher? Aber daraus wird nichts. Jetzt steig erst einmal vom Pferd, denn ein Sachse soll sich uns gegenüber nicht hochmütig im Sattel spreizen, und dann wollen wir entscheiden, ob wir dich am nächsten Baum aufknüpfen oder dir bloß Gaul und Geld abnehmen und deine Laute zerschlagen sollen." Mit diesen Worten riß der Normanne Allan aus dem Sattel, so daß dieser recht unsanft auf der Erde landete. Er ermannte sich aber sofort wieder und schrie die Normannen an: „Würde

König Löwenherz noch in England herrschen, dann dürftet ihr einen Mann, der vor seinem Thron gesungen hat, nicht auf diese schändliche Weise behandeln!"

„Der Löwenherz schwitzt sich seine Seele im Heidenland aus dem Leib", erwiderte grinsend der Kriegsknecht, der als erster aufgetaucht war, „und du bist wirklich ein Rebell, weil du uns zu widersprechen wagst. Kameraden, ich meine, dieser Sachse ist so frech, daß er ein wenig mit des Seilers Tochter Hochzeit halten sollte. Was denkt ihr darüber?"

„Jawohl, wir knüpfen ihn an der Eiche hier auf, und der Sheriff wird uns ein Fäßchen Bier für diese gute Tat spendieren", rief ein langer Kerl, der eine rostige Pike trug. „Man muß mit den Sachsen kurzen Prozeß machen!"

„Ganz meine Meinung", fiel sein Nachbar ein und nestelte an einem Hanfstrick, den er am Sattelhorn trug. „Wenn der Grünspecht erst den Kopf in der Schlinge hat, wird er ganz besonders schön jubilieren."

„Dann los!" drängte der vierte Normanne. „Denn man soll eine gute Tat nicht auf die lange Bank schieben." Und schon war er ebenfalls vom Pferd gesprungen und packte Allan mit seiner gepanzerten Faust im Genick. Der Sänger sträubte und wehrte sich nach Kräften, doch der Normanne mit dem Seil hatte dieses bereits vom Sattelknopf genommen und warf es Allan nun über den Kopf. Die beiden anderen drängten ihre Pferde so hart an ihn, daß er sich kaum noch bewegen konnte. Einen Augenblick später lag die rauhe Schlinge fest um Allans Hals, und die vier Normannen zerrten ihn zu einer uralten Eiche, die mit weitausladenden Ästen nahe des Pfades stand.

Ein anderer Mann hätte an Allans Stelle jetzt wohl um Gnade gefleht. Doch dazu war der Vagant im grünen Lincolnkleid zu stolz. Er blieb stumm und versuchte lediglich, den rohen Kriegsknechten ihr schändliches Vorhaben so schwer wie möglich zu machen. Freilich half ihm das wenig, denn er stand gegen eine hoffnungslose Übermacht und war unbewaffnet, bis auf einen Dolch, da er sein Schwert und einen Eschenbogen am Sattel seines Schecken hängen hatte. So dauerte es auch nur ein paar Sekunden, bis die vier Normannen ihn zum Stamm der Eiche geschleppt hatten, welche Allans Galgenbaum werden sollte.

Während ihn nun drei der Kriegsknechte festhielten, warf der vierte das Seilende über den untersten Ast und zog an, bis das Tau so straff war, daß Allan vom Tal sich auf die Zehenspitzen stellen mußte, um nicht jetzt schon erwürgt zu werden.

Die Normannen lachten über Allans Bemühungen, sich so lang wie möglich zu machen, dann forderte einer: „Und nun zwitschere dein letztes Gebet, Grünspecht. Mach aber schnell, denn wir haben's eilig, zum Sheriff nach Nottingham zurückzukommen, wo wir für deinen Tod eine schöne Belohnung erhalten werden."

„Die Belohnung könnt ihr jetzt schon bekommen", ließ sich da plötzlich eine helle Stimme vernehmen, und aus dem Unterholz neben der Eiche trat ein schlanker junger Mann, der ein ähnliches Gewand wie Allan – und in den Händen einen gespannten Langbogen – trug.

„Robin Hood!" rief Allan überrascht, wobei seine Stimme wegen des Stricks, der ihm den Hals zuschnürte, allerdings ein wenig gepreßt klang.

„Ganz richtig", erwiderte der Angesprochene. „Und mir scheint, daß ich eben noch rechtzeitig gekommen bin, um ein paar ernste Worte mit diesen normannischen Strauchdieben zu reden."

„Das scheint mir, bei Gott, auch so", bestätigte der Sänger.

Die vier Normannen waren dem kurzen Gespräch überrascht gefolgt, jetzt ermannten sie sich. „Teufel auch, in diesem Wald wimmelt es ja von Sachsen", rief ihr Wortführer. Und zu Robin gewandt, setzte er barsch und herrisch hinzu: „Weg mit dem Pfeil, Bürschchen! Sonst hängst du neben deinem Freund an dieser Eiche!"

„Der Pfeil soll weg, ja!" erwiderte Robin Hood ganz ruhig, doch er nahm ihn nicht von der Bogensehne, sondern zog diese statt dessen blitzschnell ganz auf und ließ im nächsten Augenblick das Geschoß fahren. Die scharfe Pfeilspitze war so gut gezielt, daß sie den Hanfstrick über Allans Kopf glatt durchschnitt und das Seil harmlos auf der Schulter des Sängers landete.

Ehe die Normannen sich noch von ihrer Überraschung erholen konnten, lag bereits ein zweiter Pfeil auf Robins Bogensehne. Doch auch die Normannen blieben nicht untätig. Sie rissen ihre Schwerter aus den Scheiden und derjenige, der Allan am nächsten stand, zückte seinen Dolch und preßte ihn dem Sänger an die Kehle. „Weg mit dem Bogen, sonst stirbt der Sachsenhund auf der Stelle!" brüllte er.

„Nicht er – sondern du!" rief Robin Hood und schnellte den zweiten Pfeil los. Er traf den Normannen in die Brust, so daß dieser zurücktaumelte und den Dolch fallen ließ. Allan machte geistesgegenwärtig einen Sprung und gelangte so aus der Reichweite der restlichen drei Normannen. Zwei weitere Sprünge brachten ihn zu seinem Schecken, wo er im Handumdrehen sein Schwert an sich riß.

Doch davon ließen sich die Normannen nicht einschüchtern.

„Auf sie!" gurgelte der Verwundete. „Wir sind immer noch in der Übermacht und wollen es ihnen schon zeigen!"

Die drei Normannen warfen sich mit gezückten Schwertern auf Allan und Robin. Doch die beiden jungen Männer waren auf ihrer Hut. Robin Hood warf einen zweiten Mann durch einen wohlgezielten Pfeilschuß in den Schenkel nieder und schlug einem weiteren den Langbogen so an den Schädel, daß er betäubt zur Erde stürzte. Allan wechselte nur wenige Schwertstreiche mit seinem Gegner, dann gab sich dieser eine Blöße, der Sänger unterlief ihn – und hätte ihn töten können. Doch er verzichtete darauf und schlug lediglich mit dem Schwertknauf gegen das Kinn des Normannen. Der verdrehte die Augen und taumelte nieder.

Die beiden Sachsen waren Sieger geblieben.

„Eigentlich sollten wir sie jetzt aufknüpfen, so wie sie es mit dir vorhatten", sagte Robin Hood lachend. „Doch im Gegensatz zu ihnen erscheint mir ein Mord abscheulich, und deswegen bitte ich dich, Allan vom Tal, jetzt einen nach dem anderen auf sein Pferd zu setzen – doch rücklings, wenn ich bitten darf. Dann bindest du ihnen Hände und Füße zusammen, so daß sie keine Dummheiten mehr machen können."

„Es wird mir ein Vergnügen sein, deine Befehle nach bestem Können auszuführen", erwiderte Allan, ebenfalls lachend. „Und du kannst dich darauf verlassen, daß meine Knoten äußerst haltbar ausfallen werden."

Einer der Normannen, der mit dem Pfeil im Schenkel, wollte protestieren, doch Robin Hood brachte ihn schnell zum Schweigen, indem er einen neuen Pfeil auf die Sehne legte. Danach tat Allan, wie sein Retter es ihm befohlen hatte. Er setzte die überwundenen Normannen der Reihe nach auf ihre Gäule, band ihnen die Füße unter dem Bauch der Tiere zusammen und befestigte dann ihre Hände an den Schweifrüben der Rösser. „Sie sehen jetzt nicht mehr besonders gefährlich aus", stellte er zufrieden fest, nachdem der letzte Büttel versorgt war. „Was hast du nun weiter mit ihnen vor, Freund Robin?"

„Wenn wir ihre Gäule nur genügend erschrecken, dann werden die guten Tiere schnurstracks nach Nottingham in ihre Ställe galoppieren", antwortete Robin Hood. „Und ich denke, daß unsere vier Strauchdiebe dort so viel Spott ernten werden, daß sie sich so schnell nicht wieder im Sherwood-Forst blicken lassen!"

„Ich werde mir erlauben, ein Lied über diesen Ritt zu dichten, bei dem unsere Freunde ihre Gäule am Schweif zügeln müssen", frohlockte Allan. „Und jetzt los! Richtet dem Sheriff von Nottingham einen ergebenen Gruß aus von Robin Hood und Allan vom Tal!"

Mit diesen Worten schlug er dem nächststehenden Gaul mit der flachen Schwertklinge kräftig auf die Kruppe, so daß dieser erschrocken wieherte und mit seinem hilflosen Reiter in Richtung Nottingham davonpreschte. Drei weitere Streiche, und die übrigen Pferde folgten ebenso schnell. In kurzer Zeit hatte sie der Wald verschluckt.

Allan trat zu Robin, reichte ihm die Hand und sagte, nun wieder mit ernstem Gesicht: „Ich verdanke dir mein Leben,

Freund Robin, und ich hoffe, daß die Gelegenheit kommt, wo ich dir denselben Dienst leisten kann wie du mir heute. Möglich könnte es leicht sein, denn dadurch, daß du dich gegen diese Normannen gestellt hast, bist du zum Ausgestoßenen geworden. Sie werden dich hetzen wie einen Fuchs auf ihren Parforce-Ritten!"

„Zum Gesetzlosen bin ich nicht erst heute geworden", erwiderte Robin, „sondern bereits vor einigen Tagen, als ich vor den Trümmern von Locksley und den Gräbern meiner Verwandten den Schwur leistete, Prinz John und den Sheriff von Nottingham bis aufs Blut zu bekämpfen."

„Um Gottes willen! Was ist auf Locksley geschehen?" wollte Allan wissen.

„Ich werde es dir auf dem Rückweg zu meinem Lager erzählen", sagte Robin Hood, „sofern du dich mir überhaupt anschließen willst, mir, einem Ausgestoßenen."

„Nach dem heutigen Vorfall darf ich mich wohl selbst auch mit diesem Ehrentitel schmücken", entgegnete Allan. „Und schon deswegen denke ich, wir sollten zusammenbleiben. Ich begleite dich also zu deinem Lager, und du berichtest mir, was passiert ist."

„Das kann geschehen – aber mache dich auf eine traurige Geschichte gefaßt", antwortete Robin Hood. „Doch jetzt fort von hier. Dieser Platz ist mir heute nicht mehr ganz geheuer!"

Die beiden jungen Männer bestiegen ihre Tiere und verschwanden seitlich im Wald. Unterwegs berichtete Robin seinem neuen Gefährten alles, was sich auf Locksley zugetragen hatte und warum er selbst sich in den Sherwood-Forst geflüchtet hatte. „Diesen Wald beansprucht mein Todfeind, der Sheriff von Nottingham, für sich", sagte er zuletzt. „Und deswegen habe ich hier mein Hauptquartier aufgeschlagen, denn von hier aus will ich ihn bekämpfen. Jeder Bissen Fleisch, den ich hier esse, stammt von einem Hirsch, den ich ihm geraubt habe, und kein Normanne, der sich in den Sherwood-Forst wagt, soll vor meinem Pfeil sicher sein. Nun weißt du alles, Allan, und ich frage dich noch einmal, ob du mein Los teilen willst?"

„Das will ich", antwortete Allan vom Tal mit fester Stimme. „Denn du kämpfst einen gerechten Kampf, Robin Hood. Wenn je ein Sachse Ursache zur Rache hatte, dann bist du es. Ich werde dir mit Schwert und Bogen dabei helfen, und außerdem denke ich, daß uns auch meine Laute so manche einsame Stunde im schwarzen Forst erträglicher machen kann. – Doch nun habe ich Hunger. Ist es noch weit bis zu deinem Lager, wo hoffentlich eine Hirschkeule auf uns wartet, die einmal des Sheriffs Eigentum war?"

„Ich habe erst am Morgen einen feisten Zehnender erlegt", antwortete Robin. „Wir können ihn zu Ehren des Sheriffs verspeisen und uns auch das Fäßchen Wein schmecken lassen, das für seinen Hof bestimmt war, welches ich jedoch gestern einem normannischen Kaufmann abgejagt habe."

„Ich sehe schon, das Leben im Wald ist gar nicht so schlecht, wie ich fürchtete", lachte Allan. „Und wenn wir nach Hirschbraten und Wein wieder auf Normannen treffen, dann wollen wir ihnen schon gehörig einheizen!"

„Ich denke, in dieser Hinsicht werden wir noch alle Hände voll zu tun bekommen", beendete Robin das Gespräch. „Der Wald wird hier lichter. Wenn wir Trab reiten, dann sind wir in einer halben Stunde an Ort und Stelle..."

Robin und der Mönch

Robin und Allan verbrachten einige Tage in ihrem versteckten Lager, das am Ufer eines glasklaren Baches lag, widmeten sich dem Hirschbraten und dem Wein des Sheriffs von Nottingham und schmiedeten Pläne, wie sie den Normannen ans Leder gehen konnten.

„Das Meer ist nicht weit", sagte Allan vom Tal bei dieser Gelegenheit einmal, „und ich habe auf meinen Fahrten erlebt, daß der Sheriff auch an der Küste schlimm mit den Fischern umspringt. Vielleicht sollten wir dort einmal einen Besuch abstatten?"

„Keine schlechte Idee, denn unsere Pferde werden bei dem guten Leben im Sherwood-Forst nur fett", erwiderte Robin. „Reiten wir ans Meer. Wir können bei dieser Gelegenheit vielleicht auch ein Fäßchen Heringe einhandeln, die uns nach dem ewigen Hirschfleisch sicher gut munden werden. Und sollten wir auf Normannen treffen, so braucht es nicht unbedingt der Sherwood-Forst sein, wo wir ihnen das Fell gerben!"

Am nächsten Morgen brachen die beiden Freunde auf. Einen vollen Tag lang waren sie unterwegs, dann rochen sie den salzigen Duft der See. Und als sie die letzte Hügelkuppe überquerten, erblickte Robin Hood zum erstenmal in seinem Leben das ewig ruhelose Meer, das seine graublauen Fluten bis zum Horizont erstreckte. Am flachen Strand verliefen sich die Wogen in zungenförmigen, schaumigen

Teppichen, und dort, wo der Wind ungestört auf das Salzwasser traf, wehten zerfledderte Schaumfahnen landwärts. Es war, obwohl im Sommer, ein kühler, bedeckter Tag, so daß die beiden Freunde in den Sätteln fröstelten und sich nicht besonders behaglich fühlten.

„Ich hatte mir die See freundlicher vorgestellt", bemerkte Robin. „Da sie uns aber jetzt so ungnädig empfängt, wollen wir zusehen, ob wir nicht irgendwo ein Dach über dem Kopf und einen Teller heiße Suppe auftreiben können."

„Dort drüben hinter den Klippen scheint ein Dorf zu liegen", antwortete Allan und spähte nach Süden. „Bei den Fischern können wir uns sicherlich ein wenig aufwärmen, denn das sind meist arme Sachsen, die ein Herz für zwei Geächtete zeigen werden."

„Dann nichts wie ins Dorf", befahl Robin Hood und gab seinem Hengst die Sporen.

Der Ort war nur klein; er bestand aus höchstens einem Dutzend niedriger Hütten, die sich in den Windschatten der Klippe duckten. Außerdem schien das Dorf vollkommen menschenleer zu sein. Die beiden Reiter sahen lediglich die leere Gasse, verrammelte Fensterläden und hoch auf dem Strand ein paar unbemannte Boote.

„Hier sieht es ja beinahe so aus, als sei die gesamte Bevölkerung vor den Normannen nach Irland geflohen; zu verdenken wäre das den Fischern allerdings auch nicht", bemerkte Robin.

„In diesem Fall hätten sie wohl die Boote mitgenommen", wandte Allan ein. „Laß uns einmal jene Gasse hinunterreiten. vielleicht treffen wir dort irgendeine Menschenseele, die uns sagen kann, wie dieser Ort heißt."

Robin war einverstanden. Im Schritt trieben die beiden Reiter ihre Tiere in die erwähnte Gasse. Sie krümmte sich zwischen drei Anwesen hindurch, und als die Freunde das letzte davon erreichten, erblickten sie plötzlich ein altes, verhärmt aussehendes Weib, das auf einem zusammengelegten Fischernetz hockte und sie ängstlich anstarrte. Den armseligen Lumpen nach zu urteilen, welche die Frau trug, mußte es sich um eine Sächsin handeln.

„Du musterst uns, als seien wir die leibhaftigen Teufel", wandte sich Robin an sie. „Dabei sind wir doch nur zwei arme Reitersmänner, die in deinem Dorf einen Teller warme Suppe zu bekommen hoffen."

„Ihr seid keine Normannen – ich höre es an eurer Aussprache", antwortete die Alte, wie es schien, ein wenig erleichtert. „Ich hatte euch zuerst für Büttel des Königs gehalten."

„König Richard würde keine Büttel in seinem Dienst dulden", mischte sich Allan ein. „Doch da sich Löwenherz zur Zeit auf einem Kreuzzug befindet und sein verdorbener Bruder John England regiert, meintest du wohl dessen Schergen." „König Richard oder Prinz John – das ist mir einerlei", gab das Weib zurück. „Wichtig ist mir nur, daß die Normannen meine drei Söhne gefangen und in Nottingham zum Tod verurteilt haben. Nun bringt man sie zurück in dieses Dorf, wo sie hingerichtet werden sollen, um uns anderen ein abschreckendes Beispiel zu geben."

„Potzdonner!" rief Allan aus. „Diese Normannen sind wirklich schnell mit ihren Todesurteilen bei der Hand. Das habe ich erst kürzlich am eigenen Leib erfahren. Doch sage uns, gute Frau, weshalb man deine drei Söhne hängen will."

„Die Frühjahrsstürme machten den Fischfang in diesem

Jahr fast unmöglich", antwortete die Frau. „Das ganze Dorf hungerte, und als die Not am schlimmsten wurde, da haben sich meine Söhne aufgerafft und im nahen königlichen Wald eine Wildsau geschossen. Wie es aber der Teufel wollte, kamen ein paar normannische Jäger hinzu, nahmen meine Söhne gefangen und brachten sie nach Nottingham. Ich war selbst dort, als der Sheriff das Urteil über sie sprach. Und heute sollen sie in ihrem Heimatdorf gehängt werden."

„Ich sehe aber weder den Henker noch deine Söhne, und das Dorf selbst scheint mir auch ganz ausgestorben", warf Robin ein. „Wie ist das zu erklären?"

„Der Henkerszug mit meinen armen Söhnen befindet sich noch in den Hügeln", antwortete die Alte., „Seht, dort im Süden könnt ihr die Lanzenspitzen der Bewacher blinken sehen. Und was die anderen Leute im Dorf angeht, so haben sie sich aus Angst in ihren Hütten verkrochen und wagen sich nicht heraus."

Robin und Allan nickten. Dann beschatteten sie die Augen mit den Händen und spähten nach Süden, wo die Küste in hügeliges Land überging. Und jetzt erkannten auch sie das Funkeln der Waffen, von dem die Alte gesprochen hatte. „Es sieht so aus, als würde der Zug in einer Stunde hier sein", schätzte Robin.

„Ja, und dann werden meine armen Söhne sterben", seufzte die Alte.

Allan warf seinem Freund einen auffordernden Blick zu. Robin zwinkerte zurück.

„Hör zu, brave Frau", sagte der Sänger daraufhin, „ich glaube nicht, daß der Henker viel Freude mit deinen Söhnen haben wird. Denn mein Freund und ich meinen, daß sie kein Unrecht getan haben. Wir werden deshalb zusehen, daß anstelle deiner Söhne ein paar Normannen bestraft werden. Freilich könntest du uns bei diesem Geschäft ein wenig behilflich sein."

„Aber ich bin doch nur ein schwaches Weib und kann mich unmöglich mit den Kriegsknechten des Sheriffs anlegen", lamentierte die Alte. „Ihr macht euch einen bösen Spaß mit mir!"

„Keiner verlangt, daß du mit deinen Kochlöffeln auf die Kriegsknechte losgehst", gab Robin lachend zu Antwort. „Und den Spaß werden wir uns nicht mit dir, sondern mit den Henkersknechten machen. Du sollst lediglich die Männer dieses Dorfes hier zusammenrufen, damit ich ihnen ein paar Worte sagen kann."

„Sie werden in fünf Minuten alle hier beisammen sein", versprach die alte Frau unter Tränen und eilte davon. Robin nickte. Dann schaute er wieder nach Süden, schien kurz zu überlegen und wandte sich dann an Allan: „Auf einen offenen Kampf können wir es nicht ankommen lassen. Die Fischer hier sind keine Soldaten, und wir selbst sind zu schwach gegen die Übermacht. Trotzdem habe ich einen trefflichen Plan."

„Dann sei so nett und weihe mich ein", forderte Allan. Robin neigte sich zu ihm und flüsterte eine Weile mit ihm. Als er geendet hatte, grinste Allan von einem Ohr zum anderen. „Freilich werden sie die armen Kerle nicht ohne einen Priester hängen wollen", bestätigte er zuletzt rätselhaft. „Du bist ein Schlitzohr, Robin!"

„Vergiß nicht, welche Rolle dein Gaul spielen muß", gab dieser zurück.

„Keine Angst", versicherte Allan. „Mein Schecke und ich sind so vertraut miteinander, daß es eine Kleinigkeit sein wird."

Mehr wurde zwischen den beiden Freunden nicht mehr gesprochen, denn nun kamen die Bewohner des Dorfes auf dem Platz zusammen. Es mochten etwa zwanzig Männer sein, von denen freilich kein einziger einen kriegerischen Eindruck machte. Dazu gab es ungefähr die doppelte Anzahl Frauen und Kinder. Sie alle scharten sich um die beiden Reiter, wobei sie teils ängstliche, teils neugierige Blicke abwechselnd auf diese und auf den sich langsam nähernden Zug in den Hügeln warfen.

Robin Hood stellte sich in den Steigbügeln auf und rief über die Menge hin: „Gute Leute, mein Freund und ich haben beschlossen, dem Henker seine Beute abzujagen, denn die drei Söhne dieser alten Frau haben richtig gehandelt, als sie sich ein Wildschwein aus den Wäldern des Königs holten. Dies ist in Hungerszeiten seit alters gutes Recht in England!"

Die Umstehenden murmelten zustimmend, dann gab es ein kleines Gedränge, und ein älterer Mann, welcher der Dorfvorsteher zu sein schien, wurde von den anderen vorgeschoben. „Da die Verurteilten keinen Vater mehr haben, denn dieser ist schon vor Jahren ertrunken", sagte er, „möchte ich euch den Dank des Dorfes für euren Mut aussprechen. Nur erscheint es mir unmöglich, daß ihr zu zweit gegen die Kriegsknechte bestehen könnt, welche zweifellos die drei Männer eskortieren werden. Die Lanzenspitzen in den Hügeln dort drüben beweisen es ja."

„Ihr habt nichts weiter zu tun, als drei gute Pferde hinter

dem Ort bereitzustellen, wo man den Galgen errichten wird", antwortete Robin Hood. „Und ihr müßt meinem Freund und mir vertrauen, auch dann, wenn wir etwas tun sollten, was ihr im Augenblick nicht begreifen könnt. Wollt ihr mir das versprechen, dann sollen die drei Söhne dieser alten Frau bald wieder frei sein!"

„Das ist, bei Gott, nicht zu viel verlangt", gab der Dorfvorsteher zu. „Leider haben wir aber nur drei Pferde im ganzen Dorf, und das sind nicht die besten."

„Man kann dem Teufel auch auf dem Rücken von ein paar Schindmähren ein Schnippchen schlagen", erwiderte Robin seufzend. „Besonders dann, wenn es nichts anderes gibt. Bringt also die Gäule getrost her."

Dies geschah, und die drei Pferde, welche allerdings wirklich nicht viel taugten, wurden in der Nähe der Dorflinde angebunden. Dies war nämlich der einzige Platz wo man jemanden hängen konnte, denn einen zweiten Baum gab es im ganzen Ort nicht.

Nachdem also die Pferde an Ort und Stelle waren, richtete man die gemeinsame Aufmerksamkeit wieder nach Süden, wo inzwischen Einzelheiten des sich nähernden Zuges zu erkennen waren.

Etwa zwanzig riesige Knechte mit dem Wappen des Sheriffs von Nottingham auf den Schildern marschierten zu beiden Seiten eines Karrens, welcher von zwei Ochsen gezogen wurde. Auf diesem Karren standen schwankend die drei Fischer, welche das Jagdgesetz des Prinzen John verletzt hatten. Man schien sie mit Stricken an die Wagenwände gefesselt zu haben. Dahinter schließlich kam ein Mönch in einer langen, braunen Kutte. Der Wind trug ab und zu Fetzen eines Psalms herüber, den dieser Vertreter Gottes mit fistelnder Stimme sang. Über dem ganzen Zug glänzten gefährlich die Lanzenspitzen der Soldaten. Ein paar Pferdelängen weiter hinten war dann noch ein Reiter zu sehen. Er trug ein blutrotes Gewand mit einer ebensolchen Kapuze, die er sich über den Kopf gezogen hatte.

„Das ist der Henker", sagte Allan leise zu Robin. „In zehn Minuten wird die ganze Gesellschaft im Dorf sein. Gebe Gott, daß dein Plan zum Erfolg führt, sonst ist es um die drei armen Kerle auf dem Schinderkarren geschehen!"

Robin Hood antwortete nicht, doch die nächststehenden Dörfler, die Allans Worte vernommen hatten, brachen in jammerndes Gemurmel aus. Die beiden Gesetzlosen ließen sie gewähren. Es konnte nicht schaden, wenn die Soldaten den Eindruck gewannen, als würden sich die Fischer wehklagend in ihr Schicksal fügen. Doch lockerte Robin Hood seinen Dolch im Gürtel, und Allan trat zu seinem Pferd, um noch einmal den Sitz des Sattelgurtes zu kontrollieren.

Danach bestieg er den Schecken und ritt zurück an Robin Hoods Seite. „Alles klar?" fragte dieser leise.

Allan vom Tal nickte.

Der Henkerszug hatte den Dorfeingang erreicht und schlängelte sich nun auf den Platz mit der Linde zu, wobei sich die Kriegsknechte rücksichtslos einen Weg durch die zusammengedrängten Fischer bahnten. Der Karren mit den Gefangenen folgte. In der Menge wurden Rufe des Entsetzens laut. Denn jetzt war zu sehen, daß man die Wilddiebe ganz offensichtlich mißhandelt hatte. Der eine hatte ein blaues Auge, die beiden anderen trugen blutige Striemen auf den Gesichtern. Allan hörte, wie Robin Hood zornig mit den Zähnen knirschte und sah, wie dessen Hand unwillkürlich zum Dolch fuhr.

Mitten auf dem Platz kam der Karren zum Stehen. Der rotgekleidete Henker stieg umständlich von seinem Gaul, band ihn hinten an den Wagen und stellte sich neben dem Mönch auf, der nach wie vor seinen Psalm sang, wobei er aber aus seinen kleinen Äuglein neugierig die Umstehenden musterte. Die Gefangenen selbst verhielten sich stumm, doch ihre Mutter brach in lautes Wehgeschrei aus. Sie stürzte vorwärts, auf den Karren zu.

Doch das wollte der Anführer der Söldner, ein grobschlächtiger Haudegen, nicht dulden. Er nahm seine Lanze quer und trieb die alte Frau zurück. Dann kletterte er auf die Deichsel des Ochsenkarrens, schwenkte seine Lanze und rief: „Ruhe! Im Namen des Sheriffs von Nottingham, gebt Ruhe!"

Das ängstliche Gemurmel der Dörfler legte sich tatsächlich, doch weniger, weil der Offizier dies gefordert hatte, sondern weil Robin Hood den Leuten einen Wink gab, sich still zu verhalten.

Der Anführer der Soldaten fuhr fort: „Drei Männer aus eurem Dorf haben gegen das Jagdgesetz des Sheriffs gefrevelt, und deswegen hat man sie in Nottingham zum Tod verurteilt. Der Richterspruch lautet, daß das Urteil hier, im Heimatdorf der Verbrecher, vollstreckt werden soll – euch allen zur Abschreckung. Hier steht der Henker, der die Wilddiebe ins Jenseits befördern wird. Wenn ihr Widerstand leistet, Sachsen, werden euch meine Lanzenträger zu Paaren treiben. Das laßt euch gesagt sein. Und nun, Henker, tritt vor!"

Der Rotgekleidete löste sich vom Karren, ließ seinen düsteren Blick über die Menge gleiten, zog einen kräftigen Strick unter seinem Umhang hervor und machte Anstalten, sich zu der Dorflinde zu begeben. Dabei mußte er an Allan vorbei, welcher in nachlässiger Haltung auf seinem Schekken saß.

Als sich der Mann im roten Umhang jedoch dem Pferd näherte, begann dieses zu tänzeln und schien vor dem blutfarbenen Tuch zu scheuen.

„Zurück mit dem verdammten Gaul!" brüllte der Hauptmann wütend.

„Er geht mir durch! Der Henker hat ihn scheu gemacht", gab Allan Antwort, wobei er ein ängstliches Gesicht zog. Er schien sich alle Mühe zu geben, sein Roß wieder zu bemeistern, doch leider vergeblich. Der Schecke stieg plötzlich, Allan riß an den Zügeln, und das Pferd drehte sich wild schnaubend um seine eigene Achse. Dann ein Schenkeldruck, den jedoch außer Robin keiner der Umstehenden bemerkte. Der Schecke schlug mit den Hinterbeinen aus – und seine eisenbeschlagenen Hufe trafen den wie gelähmt dastehenden Henker voll auf die Brust, so daß er wie ein Bündel Lumpen mitten unter die Soldaten geschleudert wurde und im Morast des Dorfplatzes liegenblieb.

„Himmelhund, verfluchter", wütete der Hauptmann, sprang von der Wagendeichsel und packte Allans Schekken am Gebißstück, worauf sich das Pferd tatsächlich wieder beruhigte. „Dein Gaul hat den Henker zuschanden geschlagen", schrie er Allan an.

Der gab sich zerknirscht. „Verzeiht, Herr", antwortete er. „Aber ich habe das Pferd erst ein paar Tage in meinem

Besitz, seit ich es einem Zigeuner abhandelte. Bei den Fahrenden scheint es verdorben worden zu sein. Es ist mir schon ein paarmal durchgegangen und gehorcht weder Zügel noch Sporen, wenn es erst einmal verrückt spielt."

„Ach was, du bist ein windiger Liedermacher, wie ich an deiner Laute sehe, und verstehst es nicht, einen Gaul zu bemeistern", fiel ihm der Hauptmann ins Wort. Dann ließ er Allan einfach stehen und hastete zu dem Scharfrichter, der immer noch reglos auf der Erde lag. Robin drängte sich unauffällig in seine Nähe. Vorher hatte er Allan noch anerkennend zugezwinkert. Der trieb seinen Schecken nun zu den anderen Pferden, die an der Linde angebunden waren.

Der Hauptmann beugte sich über den Henker im roten Mantel. Robin sah, daß die Augen des Scharfrichters weit aufgerissen waren und in den grauen Himmel starrten. Der Hauptmann untersuchte den Mann kurz und richtete sich mit einem heftigen Fluch wieder auf. „Blitz und Hagelschlag", schrie er, „der Mann ist tot! Wer soll jetzt diese drei Halunken aufhängen? Meine Soldaten werden es nicht tun, denn das Henken ist ein unreines Geschäft, das einen Mann zum Ausgestoßenen macht!" Beinahe hilfesuchend schaute er sich im Kreis um. Dann wurden seine Augen schmal, und sein Mund verzerrte sich zu einem häßlichen Grinsen. Er schien einen Ausweg gefunden zu haben. Tatsächlich rief er den Dörflern zu: „Einer von euch soll es tun! Ihr steht so niedrig im Reich der Normannen, daß ihr gar nicht mehr in Schande fallen könnt. Los, der Kräftigste unter euch Fischern soll das Amt des Scharfrichters übernehmen!"

Entsetzt wichen die Dorfbewohner zurück. Es war verständlich, daß sich keiner einen Mord auf das Gewissen laden wollte.

Die Augen des Hauptmanns schossen wütende Blitze. „Wenn's keiner freiwillig tun will, dann werde ich einen dazu zwingen", rief er. Und schon winkte er ein paar Soldaten zu seiner Unterstützung herbei.

In diesem Moment jedoch trat Robin Hood vor, blieb hart vor dem Offizier stehen und sagte: „Ihr müßt einsehen, Herr Hauptmann, daß diese Leute zwar Fische schlachten, jedoch keinen Menschen hängen können. Dazu sind sie viel zu zart besaitet, außerdem verstehen sie wenig von normannischer Rechtspflege. Wenn Ihr es aber gestattet, will ich den Pfaffen spielen, der diese drei Halunken auf dem Karren mit des Seilers Tochter verheiratet. Mir macht's nichts aus, wenn Ihr mir nur für jeden, den ich in die Hölle befördere, einen Golddukaten gebt."

Überrascht starrte der Hauptmann den Sprecher an. „Gehörst du denn nicht zum Dorf, weil du bereit bist, die Kerle zu hängen?" wollte er wissen.

„Ich bin ein stellungsloser Jäger und nur zufällig hier in diesem Nest", gab Robin zurück. „Und da ich seit Tagen gefastet habe, könnte ich die drei Goldstücke gut gebrauchen." Dabei bemühte sich Robin Hood, seinem Gesicht einen zynischen Ausdruck zu geben.

Der Hauptmann der Pikeniere grinste wie ein Wolf und entschied: „Dafür, daß die drei Galgenstricke durch deine Hand ins Jenseits befördert werden, sollst du die Goldstücke haben. Hier siehst du den Strick, den dein Vorgänger verloren hat. Nimm ihn, und dann hurtig ans Werk!"

Während die Dörfler erneut zu wehklagen begannen und ganz augenscheinlich glaubten, der Fremde habe sie endgültig im Stich gelassen und sich auf die Seite der Normannen geschlagen, bückte sich Robin nach dem Strick und machte Anstalten, sich zur Linde zu begeben. Doch schon nach drei Schritten zögerte er und wandte sich erneut dem Hauptmann zu: „Verzeiht, Herr, aber ich habe gehört, daß ein Henker die Beichte abzulegen hat, bevor er sein gottgefälliges Werk tut. Der Priester hier wird wohl ganz meiner Meinung sein, nicht wahr, Hochwürden?"

Der fette Mönch nickte, und der Hauptmann sagte: „Nun gut, wir wollen die alten Bräuche achten. Höre ihm die Beichte, Pfaffe!"

„Aber nicht hier, wo jeder zuhören könnte", wandte Robin ein. „Wenn es Euch nichts ausmacht, dann will ich in diesem Haus dort meine Sünden bekennen, Hochwürden."

„So komm, in Gottes Namen, mein Sohn", erwiderte der dicke Mönch und ging Robin Hood voran in eine Fischerhütte, in der sich sonst kein Mensch befand. Mit verstörten Blicken starrten die Dörfler auf das Häuschen. Sie wußten ja, wenn der Henker erst wieder herauskam, dann würden die drei jungen Männer sterben müssen.

Etwa zehn Minuten verstrichen, dann öffnete sich die Tür wieder, und auf der Schwelle erschien der Mönch. Er hatte die Kapuze seiner Kutte tief ins Gesicht gezogen, so daß nur sein Mund und die Nasenspitze zu erkennen waren, und wandte sich nun mit gedämpfter Stimme an den Hauptmann: „Die Sünden des Mannes wogen so schwer, daß ich ihm fünfundzwanzig Vaterunser zur Buße auferlegen mußte. Es wird also noch eine Weile dauern, bis der Mann seines Amtes walten kann. Bis dahin will ich aber meine Pflicht tun und auch den Verbrechern ihre Beichte abnehmen."

„Denen könnt Ihr allerdings die Buße erlassen, denn sie erfahren sie durch den Strick", spottete der Hauptmann. Dann winkte er dem Mönch, sein Amt am Armesünderkarren zu versehen.

Schwerfällig kletterte der Mann in der Kutte auf den Wagen und begann so leise mit den Gefangenen zu tuscheln, daß keiner der Umstehenden ein Wort verstehen konnte. Doch die Verurteilten drängten sich schon nach wenigen Worten nahe an ihn und knieten nieder. Der Mönch tat ebenso. Dadurch waren nur noch die Köpfe der vier Männer sichtbar, den Rest der Körper verbargen die hohen Wände des Karrens.

Die Verurteilten schienen eine ganze Menge Sünden zu bekennen haben, denn die Beichte dauerte ziemlich lange. Es mochte wohl schon eine ganze Viertelstunde verstrichen sein, als der Hauptmann ungeduldig rief: „Schluß jetzt, Pfaffe. Absolviert die Hundsfötter endlich!"

Der Mönch richtete sich auf, ebenso die drei Gefangenen. „Die Absolution wird auf der Stelle stattfinden", rief der Priester, gleichzeitig blitzte ein Dolch in seiner Rechten, und er durchschnitt blitzschnell die Fesseln der drei Gefangenen.

Die drei jungen Fischer setzten über die Wagenwand und rannten zu den Pferden, die vorher von den Dörflern an der Linde bereitgestellt worden waren.

„Verrat!" schrie der Hauptmann. Seine Pikeniere fällten die Lanzen.

Auf dem Wagen stand immer noch der Mönch. Und nun schleuderte er plötzlich die Kutte von sich, setzte das Bein auf die Wagenwand und spannte den Bogen, den er unter dem Mönchsgewand verborgen gehalten hatte. Es war Robin Hood, der mit Hilfe einiger um den Bauch gebundener Polster und der Kutte den Pfaffen gespielt hatte. Den echten Priester dagegen hatte er in der Hütte niedergeschlagen, gefesselt und geknebelt.

„Nieder mit dem Sheriff", rief er nun. „Er wird keinen braven Mann hängen lassen, wenn Robin Hood es nicht will!"

„Packt ihn!" brüllte der Hauptmann und riß sein Schwert aus der Scheide.

Doch Robins Pfeil war schneller. Tief drang die Spitze dem Hauptmann in den Oberarm und schleuderte ihn in den Morast. Dann fällte Robin Hoods zweiter Schuß das einzige Pferd, das die Soldaten bei sich gehabt hatten – den Gaul des toten Henkers.

Und schon lag der dritte Pfeil auf der Sehne, wurde abgeschnellt und machte einen Pikenier kampfunfähig, der seine Lanze auf Robin schleudern wollte.

Freilich waren dadurch seine Kameraden nicht aufzuhalten, welche nun in einem wilden Haufen teils auf Robin Hood, teils auf die befreiten Gefangenen zurannten, welche eben die drei ledigen Pferde bestiegen.

Mit einem wahren Panthersatz sprang Robin Hood vom Schinderkarren und gelangte zu seinem Hengst. Allan drängte den Schecken zwischen Robin und die Angreifer, so daß ersterer in den Sattel kommen konnte.

Die drei jungen Fischer sprengten bereits nach Norden davon. Robin und Allan schossen weitere Pfeile in die Reihen der Soldaten, dann gaben auch sie ihren Pferden die Sporen. Wirkungslos bohrten sich hinter ihnen noch ein paar Lanzen in die aufgeweichte Erde, doch die Soldaten, die keine Gäule besaßen, konnten die Flüchtigen nicht mehr aufhalten. Nur ihre Flüche klangen hinter Robin drein, doch die taten ihm nicht weh.

Robin, Allan und die drei Befreiten ritten den ganzen Tag über, bis sie endlich wieder ihr sicheres Versteck im Sherwood-Forst erreicht hatten. Die Fischer, sie hießen Gerald, Ulf und Folger, konnten sich gar nicht genug bei ihren kühnen Befreiern bedanken, deren verwegener Plan so gut geklappt hatte. Doch Robin Hood antwortete ihnen nur: „Ihr habt, wie ich, durch den Sheriff von Nottingham Unrecht erfahren, und deswegen war es unsere Pflicht, euch zu helfen. Ihr seid nun frei und könnt gehen, wohin ihr wollt."

„Wir würden aber gerne bei euch bleiben", erwiderte Gerald, der älteste von den dreien. „Denn vielleicht können wir anderen auf dieselbe Weise helfen, wie ihr das für uns getan habt."

„Dann nehme ich euch auf in die Schar der Ausgestoßenen vom Sherwood-Forst", antwortete Robin Hood erfreut und reichte ihnen der Reihe nach die Hand. „Von jetzt an sollt ihr Wildsauen nach Herzenslust jagen, und kein Normanne soll sie euch streitig machen!"

Lachend schauten ihn da die drei früheren Fischer an, und Robin hatte weitere Kampfgefährten gefunden, auf die er sich in jeder Notlage würde verlassen können.

Bruder Tuck

Nach dem so trefflich gelungenen Handstreich im Fischerdorf gönnten sich Robin Hood, Allan und ihre drei neuen Gefährten erst einmal eine Weile Ruhe. Das heißt, sie blieben im Wald und suchten vorerst keine neuen Händel mit den Soldaten des Sheriffs, doch gab es an dem Bach, wo sie ihr Lager aufgeschlagen hatten, trotzdem eine ganze Menge zu tun. Zwar war es jetzt im Sommer warm, doch es regnete jeden zweiten oder dritten Tag, und deswegen machten sich die Freunde daran, eine geräumige Hütte zu errichten, die ihnen selbst – und vielleicht noch anderen Ausgestoßenen – Unterschlupf bieten konnte. Und tatsächlich sollten bald weitere Männer in dem Versteck am Waldbach eintreffen.

Die Hütte wurde aus Stämmen zusammengefügt, die man zuvor sorgfältig entrindet hatte. Der Fußboden bestand aus gestampfter Erde, die mit einem grünen Teppich aus Fichtenzweigen und jungem Schilf bedeckt wurde. Die Ritzen in den Balkenwänden wurden sorgsam mit Moos verstopft, und nun konnte draußen der Regen prasseln, wie er wollte – im Inneren der Hütte blieb es warm und gemütlich.

Danach bauten die fünf Gesetzlosen, wie sie sich halb zum Spaß selbst nannten, ein Stück von der Lichtung entfernt, Nottingham zu, eine Aussichtsplattform im Wipfel einer mächtigen Eiche. Der Späher dort oben saß nun mehr als fünfzig Fuß hoch und konnte ringsum die Wälder überblikken, so weit das Auge reichte. So waren sie vor einem plötzlichen Angriff oder anderen unliebsamen Überraschungen sicher und konnten auch noch feststellen, wo gerade Hirsche oder Rehe durch den Forst zogen, um sie dann zu jagen. Gerald, Ulf und Folger hatten sich Langbogen aus biegsamem Eschenholz angefertigt und sandten ihre Pfeile nach kurzer Zeit ebenso sicher ins Ziel wie Robin oder Allan, welche ihnen diese Kunst beigebracht hatten. Robin und Allan wiederum hatten von ihnen gelernt, wie man im schnell fließenden Bach Forellen mit der Hand fing oder nachts an den tieferen Stellen Aalreusen auslegte. Hunger brauchten sie also keineswegs zu leiden, ja nicht einmal Robin Hood hatte zu Zeiten auf Burg Locksley so gut gelebt wie jetzt im tiefen Forst.

So vergingen volle zwei Wochen, in denen sich nichts weiter ereignete, als daß die Waldlichtung immer wohnlicher wurde.

Doch am fünfzehnten Tag nach dem Streich im Fischerdorf ließ Allan, der im Wipfel der Eiche saß, plötzlich sein Jagdhorn ertönen. Dreimal hintereinander – und das bedeutete, daß sich Fremde dem Versteck näherten, möglicherweise Männer des Sheriffs.

Robin Hood und die Fischer ließen stehen und liegen, was sie gerade in den Händen hatten, und griffen nach ihren Waffen. Dann versammelten sie sich vor der Hütte. Es dauerte nur ein paar Minuten, bis auch Allan erschien. Er rannte über die Lichtung, als sei der Teufel hinter ihm her, und hielt den Bogen schußbereit. „Es nähert sich mindestens ein Dutzend Männer diesem Platz", sagte er schwer atmend, als er die Gefährten erreicht hatte.

„Normannen?" wollte Robin wissen.

„Das konnte ich auf die Entfernung nicht erkennen", antwortete Allan. „Aber sie kommen aus der Richtung, wo Nottingham liegt, und sind allesamt bewaffnet."

„Dann ist es besser, wir bleiben nicht hier auf dem offenen Platz, sondern verstecken uns in den Büschen am Bachufer", befahl Robin. „Löscht das Lagerfeuer aus und nehmt eure Waffen mit!"

Das geschah in Windeseile. Nur ein paar Augenblicke waren vergangen, dann steckten die fünf Freunde tief in den Sträuchern und Schilfbüscheln des Bachufers und spähten gespannt nach Süden, von wo die Fremden kommen mußten – vorausgesetzt, sie stießen überhaupt auf die Lichtung.

Es dauerte wohl eine halbe Stunde, dann erklang aus dem Wald Stimmengewirr. Einzelne Worte waren allerdings nicht zu unterscheiden, doch schienen die Fremden in ziemlicher Erregung zu sein.

Gleich darauf hatten sie die letzten Baumstämme hinter sich und schoben sich in einem ungeordneten Haufen auf die Lichtung, wo sie sichtlich überrascht stehenblieben und laute Rufe untereinander tauschten.

„Das sind Sachsen – ich höre es ganz genau an ihrem Dialekt", sagte Robin. „Wir brauchen uns also vor ihnen nicht zu verstecken."

„Es gibt aber unter den Sachsen auch schlimme Strauchdiebe, welche nicht so viel Ritterlichkeit wie wir im Leib haben", gab Allan zu bedenken. „Und wenn das bei diesen der Fall ist, dann scheren sie sich wahrscheinlich einen Dreck darum, daß wir ihres Blutes sind und lassen uns kurzerhand über die Klinge springen. Wir sollten also lieber Vorsicht walten lassen!"

„Dieser Meinung bin ich auch", stimmte Folger dem Sänger zu.

Doch Robin ließ sich nicht beirren. „Ach was", sagte er leichthin. „Ich lebe nur mit den Normannen im Krieg und fürchte diesen ungeordneten Haufen nicht. Außerdem habe ich Bogen und Pfeil bei mir." Mit diesen Worten richtete er sich auf und verließ sein Versteck. Seine vier Begleiter wollten nun auch nicht feige im Gestrüpp sitzen bleiben und folgten ihm daher auf dem Fuß. Aber sie hielten ihre Bogen schußbereit.

Die Fremden stutzten und drängten sich näher aneinander, als sie plötzlich Robin Hood und seine Leute wie Waldgeister aus dem Gestrüpp auftauchen sahen. Doch das dauerte nur einen Augenblick, dann ermannten sie sich, hoben ihrerseits ihre Waffen, und der Anführer, ein riesiger Kerl mit brandrotem Haar, schwang eine Keule, die einem Berserker zur Ehre gereicht hätte, und brüllte in Richtung auf Robin, der ihm am nächsten stand: „Lauf, Bürschchen, so schnell deine Beine dich tragen können, denn sonst steckst du nach meinem ersten Schlag bis zum Gürtel in der Erde!"

„Hab ich's nicht gesagt", murmelte Allan. „Mit diesen Burschen ist nicht gut Kirschen essen!"

Robin jedoch antwortete ruhig: „Du sprichst zu mir in einem Ton, den ich als sächsischer Edelmann nicht dulden kann. Entschuldige dich also bei mir, oder ich muß dir mit Hilfe einiger Maulschellen Anstand beibringen!"

„Oho", lachte der Riese. „Die Maulschellen würdest du nicht austeilen, sondern empfangen. Und wenn ich dich noch nicht auseinandergenommen habe wie einen gebratenen Fasan, dann nur, weil du behauptest, ein Sachse zu sein. Freilich glaube ich es nicht recht, denn die Sachsen in England gehen heutzutage in Lumpen, während dein lincolngrünes Kleid eher in eine normannische Burg zu passen scheint."

„In einer Normannenburg zeige ich mich nicht im Festgewand, sondern nur mit dem blanken Schwert", erwiderte Robin.

„Dann beweise, daß du ein Sachse bist", forderte der Hüne.

„Wie denn, wenn du meinem Wort nicht glaubst?" wollte Robin wissen.

„Mit dem Kampfstock", entgegnete der andere. „Denn ich habe noch nie einen Normannen getroffen, der damit hätte umgehen können. Ein Sachse jedoch sollte diese Kunst beherrschen."

„Ich beherrsche sie so gut, daß du bald um Gnade winseln wirst", rief Robin. Aber er lächelte dabei, denn der Riese gefiel ihm immer besser. „Gib mir nur einen Augenblick Zeit, damit ich mir einen Stock abschneiden kann, dann will ich es dir zeigen."

Sein Widersacher nickte herablassend. Robin gab Bogen und Schwert seinem Freund Allan, zog den Dolch, ging zu einer nahestehenden Esche und schnitt sich einen derben Ast ab, der um eine Elle länger war als er selbst. Sorgfältig befreite er ihn von Zweigen und Blättern. Dann steckte er den Dolch wieder in die Scheide, packte den Kampfstock fest mit beiden Fäusten und trat dem Riesen gegenüber. Der hatte inzwischen seine Keule zu Boden geworfen und sich von einem seiner Kameraden ebenfalls einen derben Prügel geben lassen. Wie Robin hielt er ihn quer vor der

Brust, dann stieß er einen gellenden Pfiff aus und griff seinen viel kleineren und schmächtigeren Gegner an.

Robin dachte an den Unterricht, den er auf Locksley von seinem trefflichen Lehrer erhalten hatte und parierte mühelos den ersten Schlag. Freilich hatte sein Gegner erst einmal versuchen wollen, wie Robin kämpfte. Er hatte seinen Prügel nur mit halber Kraft durch die Luft gewirbelt. Als er aber nun sah, daß Robin ihm standhielt, verfuhr er nicht mehr so schonend. Sein Stock pfiff durch die Luft, daß Allan und den Fischern angst und bange wurde.

Doch Robin hatte schon als Halbwüchsiger gelernt, daß Kraft allein nicht entscheidend in einem solchen Kampf war. Was der Riese an Muskeln zu bieten hatte, machte er durch seine Behendigkeit wieder wett. Er tänzelte so elegant um seinen Gegner herum, daß dieser immer öfter ins Leere hieb. Und wenn er doch einmal traf, dann wußte Robin seinen eigenen Stock so geschickt zu halten, daß die Schläge des Hünen wirkungslos abglitten.

So verging wohl eine Viertelstunde, nach deren Verlauf beiden Kämpfern der helle Schweiß auf den Stirnen stand. Aber das Gesicht des Riesen war jetzt dunkelrot angelaufen, und er atmete keuchend, während Robin sich immer noch so flink bewegte wie zu Beginn des Kampfes. Und dann sprang er plötzlich vor, sein Stock beschrieb einen sausenden Wirbel – und die Waffe des anderen wurde diesem aus der Hand geprellt, flog weg und knallte zehn Schritte weiter gegen einen Baumstamm. Und im Nu hatte Robin seinem Gegner die Spitze des eigenen Stocks an die Kehle gesetzt.

Er ließ den Prügel aber gleich wieder sinken und erkundigte sich lachend: „Glaubst du nun, daß ich ein Sachse bin – und einer aus edlem Blut dazu?"

„Das hast du mir schlagend bewiesen", mußte der Riese zugeben. „Dabei meinte ich stets, ich wäre der beste Mann mit dem Kampfstock weit und breit."

„Du hast mir aber auch ganz schön zu schaffen gemacht, guter Freund", antwortete Robin. „Deswegen würde ich gerne deinen Namen wissen."

„Ich bin ein Sachse, ebenso wie meine Freunde hier, und man nennt mich den Kleinen John", lautete die Antwort.

Robin mußte lachen. „Dein Name gefällt mir, auch wenn er vielleicht nicht ganz zu dir paßt", sagte er.

„Er kommt daher, weil ich der Jüngste von sieben Brüdern war", erwiderte John. „Später habe ich sie freilich alle überflügelt, was nicht meine Schuld ist."

„Gewiß nicht, Kleiner John", bestätigte Robin. „Aber nun möchte ich noch wissen, was ihr hier im Sherwood-Forst sucht."

Der Kleine John kratzte sich den borstigen Schädel und antwortete: „Wir alle sind unbescholtene Sachsen, die ihre Felder bestellten oder zum Fischfang aufs Meer hinausfuhren. Und wir alle haben so oder so mit den verdammten Normannen Streit bekommen, so daß wir aus unseren Dörfern flüchten mußten und nun vogelfrei sind. Nach und nach haben wir uns zusammengefunden und sind nun auf der Suche nach einem Mann, der unser Oberhaupt sein soll. Auch er mußte vor der Willkür der Normannen fliehen. Sein Name lautet Robin Hood."

„Potzblitz, das ist ja gut", polterte da Allan los. „Kleiner John, du hast dich eben mit dem Mann geprügelt, den du suchst!"

„Du . . . du bist Robin Hood?!" wandte sich der Rothaarige verlegen an diesen. „Du lieber Gott, wir waren hinter dir her wie nach der Stecknadel im Heuhaufen, und nun haben wir uns geprügelt wie zwei Straßenjungen."

Der Riese schien ehrlich betrübt über das Mißverständnis, doch Robin lachte nur, legte ihm den Arm auf die breite Schulter und sagte. „Die Prügelei war ganz gut, denn auf diese Weise hast du mir gleich bewiesen, welch brauchbarer Mitstreiter du bist, und dasselbe nehme ich von deinen Gefährten an, denn mit jedem einzelnen kann ich mich nicht schlagen, um es herauszufinden. Ihr alle sollt uns herzlich willkommen sein. Doch jetzt muß ich noch wissen, wieso ihr überhaupt meinen Namen kanntet."

Klein-John lachte und antwortete: „Hast du nicht die Schergen des Sheriffs von Nottingham, verkehrt auf ihren

Gäulen sitzend, zurück in die Stadt gejagt? Hast du nicht am Meer drei Fischer befreit, welche hingerichtet werden sollten? So etwas spricht sich herum und hat die armen Sachsen endlich wieder einmal zum Lachen gebracht. Der Sheriff von Nottingham freilich tobte, als er von deinen Streichen hörte. Er hat sogar einen Steckbrief gegen dich erlassen, doch der gilt in den Augen von uns Sachsen nicht als Schande, sondern eher wie ein Adelsbrief. Hier – ich habe ihn sogar bei mir."

Der Rothaarige fischte ein zerknittertes Stück Pergament aus seiner ledernen Umhängetasche und reichte es Robin. Der las laut vor: „Hiermit gebe ich, der Sheriff von Nottingham, bekannt, daß ich eine Belohnung von zehn Goldstükken demjenigen aussetze, der mir tot oder lebendig Robin Hood ausliefert. Fünf Goldstücke verspreche ich weiter für die Gefangennahme des Allan vom Tal und der Fischer Gerald, Ulf und Folger, welche Robin Hood, den gewesenen Freisassen von Locksley, bei seinem gottlosen Treiben unterstützen."

„Der Sheriff schätzt unseren Wert nicht gerade übermäßig hoch ein", spottete Allan.

„Und befände er sich jetzt hier", fügte Robin Hood hinzu, „so hätte er uns gleich alle beisammen. Hier steht Allan vom Tal, und das dort sind Gerald, Ulf und Folger."

„Dann sind wir ja genau dort gelandet, wo wir hinwollten", sagte Klein-John mit vor Freude blitzenden Augen. „Erlaubt, daß ich euch nun auch meine Gefährten vorstelle."

Es war eine verwegene Schar, die auf diese Weise in die Gemeinschaft des Waldlagers aufgenommen wurde. Und jeder davon hatte sich vorgenommen, ein Hühnchen mit den

Normannen zu rupfen: William Scathlock, der lange, mürrische Schmied, dem die Söldner des Sheriffs die Werkstätte über dem Kopf angezündet hatten, Much, der Sohn eines ehrbaren Müllers, der einen Normannen in den Mühlenweiher geworfen hatte, als dieser Kornsäcke stehlen wollte, Gurth, der Schankwirt aus Nottingham, welcher hatte fliehen müssen, weil er einen betrunkenen normannischen Offizier auf einem Ziegenbock hatte zur Burg reiten lassen – und all die anderen, denen die Freiheit in den Wäldern lieber war als die Knechtschaft, welche sie unter dem Sheriff von Nottingham erduldet hatten.

Robin Hood war glücklich über seine neuen Mitstreiter, und er sagte sich, daß er in seinem Freiheitskampf nun schon ein wenig mehr als am Anfang wagen könne, als allein Allan vom Tal ihn begleitet hatte. Er sollte jedoch bald noch einen trefflichen Gesellen gewinnen, einen Mann, so trefflich wie Allan oder Klein-John.

Dies geschah eine Woche später am Flüßchen Trent, als Robin Hoods Schar bereits einheitlich in grünes Lincolntuch gekleidet war, denn die Männer hatten kurz vorher einen fetten normannischen Kaufmannszug überfallen und sich bei dem jammernden Pfeffersack großzügig bedient. Jetzt lagerten sie an einer Furt des Trent und hofften auf weitere Günstlinge des Sheriffs von Nottingham, von denen sie Wegzoll zu verlangen gedachten.

Doch statt dessen erschien auf einmal am anderen Ufer ein Mann in einer braunen Mönchskutte, dessen Bauch so rund und wohlgeformt wie ein Bierfäßchen war. Dieser feiste Diener Gottes saß auf dem knochigen Rücken einer hochbeinigen grauen Stute und schien Robins Schar gar nicht zu bemerken, welche am diesseitigen Ufer wartete. Als wäre er ganz allein auf der Welt, trieb er seine Mähre ins Wasser.

Robin Hood richtete sich im Sattel auf, wölbte die Hände vor den Mund und richtete an den Mönch die Frage, wieviel Wegzoll er denn bezahlen wolle.

Der Kuttenträger jedoch schüttelte nur den Kopf, so daß seine dicken Backen wackelten, und ritt unverdrossen weiter. Da trieb auch Robin sein Roß ins Wasser und zügelte es erst wieder hart vor der grauen Stute des Mönchs.

„Ich verlange den Wegzoll", wiederholte er.

„Dann muß ich ihn wohl bezahlen", antwortete der Diener Gottes mit dröhnender Baßstimme, zog ein Schwert unter seiner Kutte hervor und schlug so geschickt zu, daß Robins federgeschmückte Kappe in den Wellen landete.

„Oha", rief Robin Hood, „ich sehe schon, du bist eine Kuh, die mit der blanken Klinge gestreichelt werden will, ehe sie Milch gibt. Du sollst auch zufrieden mit mir sein, denn in diesem Geschäft bin ich ein Meister!"

Er hatte noch gar nicht ganz ausgesprochen, da führte er auch schon den ersten Schwertstreich gegen den Mönch. Auch dessen braunes Käppchen landete daraufhin im Trent, und von da an ging es mitten in der Furt sehr lustig zu, denn die beiden ungleichen Gegner hieben so wacker aufeinander ein, daß ihre Schwerter den Takt zu einem schnellen Tanz zu schlagen schienen. Das war jedoch nicht die einzige Musik, die man an diesem Tag am Trent hören konnte, denn am Ufer saß Allan auf seinem Schecken und untermalte das Konzert geschickt mit seiner Laute, auf der er ein fröhliches Trinklied klimperte. Im Wasser trieben die beiden Reiter ihre Pferde umeinander herum und ließen nicht nach in ihrem Bemühen, dem anderen durch einen wohlgezielten Hieb zu einem kühlen Bad zu verhelfen.

Auf diese Weise ging der Kampf mehr als eine Stunde hin und her, bis plötzlich Robins Hengst stolperte und sein Herr deswegen einen Fehlschlag tat. Das benutzte der Mönch dazu, ihm mit der flachen Klinge einen mächtigen Schlag auf das Hinterteil zu versetzen. Robin verlor den Sattel und landete im hoch aufspritzenden Wasser des Trent.

„Nun, bist du jetzt mit meinem Wegzoll zufrieden?" erkundigte sich der Mönch, als Robin triefend wieder auftauchte.

„Du führst die Klinge wie nur je ein tapferer Sachse", gab Robin neidlos zu und wrang sich das Wasser aus dem Wams.

„Und du scheinst etwas für die Sachsen übrig zu haben", erwiderte der Mönch. „Das freut mich, und deswegen würde ich gerne deinen Namen wissen."

„Man nennt mich Robin Hood."

„Beim Christophorus, denn diesen Heiligen soll man an einer Furt anrufen", sagte der Mönch lachend, „dann habe ich soeben den zum zweitenmal getauft, den ich suchte. Ich bin Bruder Tuck und möchte mich dir anschließen."

Vom Ufer aus hatten Robins Gefährten den Sturz ihres Anführers mit angesehen und hatten wütend ihre Pferde ins Wasser getrieben, um ihm beizustehen. Doch nun sahen sie zu ihrem Erstaunen, wie die beiden Männer, die eben noch so verbissen miteinander gefochten hatten, sich die Hände schüttelten. Neugierig umringten sie die beiden.

„Dieser wackere Mönch heißt Bruder Tuck und wird fortan zusammen mit uns die Normannen bekehren", stellte Robin Hood seinen neuen Freund vor. „Ich hoffe sehr, daß ihr als gläubige Christen damit einverstanden seid."

Das waren sie alle, und William Scathlock drückte es folgendermaßen aus: „Da unser neugewonnener Bruder Latein quaken kann, mag er künftig die Normannen mit Psalmen trösten, denen wir die Goldstücke aus der Tasche ziehen. Außerdem hat es noch keinem geschadet, im Schutz der Kirche zu wandeln."

Die anderen johlten zustimmend und freuten sich über die neue Verstärkung ihrer Schar. Am Ufer des Trent wurde ein Lager aufgeschlagen, und den ganzen restlichen Tag über und auch noch die folgende Nacht feierten sie ausgelassen den geistlichen Beistand, den sie heute für ihre Unternehmungen gewonnen hatten.

Im Rittersaal von York

Der Sommer neigte sich seinem Ende zu. Robin Hood und seine Gesellen hatten während der vergangenen Monate im Sherwood-Forst so manchen feisten Hirsch geschossen und so manchem Knecht des Sheriffs von Nottingham übel mitgespielt. Dieser wiederum hatte inzwischen das Kopfgeld für Robin Hood verdreifacht und sandte beinahe täglich starke Streifscharen aus, um den grüngekleideten König der Wälder endlich in seine Gewalt zu bekommen. Denn der Sheriff hatte seinem Herrn, dem treulosen Prinzen John, geschworen, daß Robin am Galgen von Nottingham hängen werde, noch ehe sich im Sherwood-Forst die Blätter färbten. Immer wieder konnten Robin und seine Gesellen den fürstlichen Häschern entkommen, doch im September hatten sie vorerst genug von diesem nervenaufreibenden Spiel und zogen deswegen nach Norden, in die Nähe der Stadt York, wo die Normannen sie nicht vermuten würden.

Eines Tages streifte Robin, nur von Klein-John begleitet, durch die Wälder. Die beiden Freunde hofften, hier einen Hirsch oder einen Wildeber zu erlegen. Doch an diesem Tag schien das Wild ungewöhnlich scheu zu sein, und es war bereits Mittag geworden, ohne daß die Jäger auch nur einen einzigen Pfeil abgeschossen hatten.

Da gerieten sie unversehens auf eine versteckte Waldwiese, wo eine klare Quelle sprudelte. Schon wollten sie ihre Pferde durch das Gestrüpp drängen und an der Quelle einen kräftigen Trunk tun, als sie plötzlich sahen, daß sie nicht allein hier waren. Etwas seitlich der Quelle nämlich, halb von einem wilden Birnbaum verborgen, saß ein hübsches Fräulein mit langem blonden Haar, das auf einer zierlichen Laute klimperte. Und neben ihm hockte eine ältliche Kammerfrau mit leuchtendem rotem Haar und grasgrünen Augen, so hochaufgeschossen und hager, daß sie sogar unter einem Rudel normannischer Landsknechte aufgefallen wäre.

Für sie jedoch hatte Robin Hood keine Augen, denn er hatte sich schon beim ersten Blick in die blonde Jungfrau vergafft. „Ist sie nicht so schön wie eine Fee aus dem Märchen?" raunte er Klein-John zu. „Ist sie nicht wie ein Wunder, das zu Fleisch und Blut geworden ist?"

„Meiner Treu, da hast du recht", erwiderte der Riese ebenso leise. „Sie hat die bezauberndsten grasgrünen Augen, die ich je erblickte."

„Narr!" schimpfte Robin. „Ich meinte die Jungfrau."

„Und ich ihre Dienerin", gab Klein-John zurück. „Ich muß ihr unbedingt meine Aufwartung machen!"

Mit diesen Worten sprang er vom Roß und brach wie ein Bär durch das Gestrüpp. Robin Hood folgte ihm auf dem Fuße. Als die beiden Frauen des plötzlichen Überfalls gewahr wurden, schrie die Kammerzofe entsetzt auf, während ihre hübsche Herrin sich gefaßter benahm, jedoch nur Robin Hood zu sehen schien und ihn mit großen Augen anstarrte. Auch Robin selbst konnte den Blick nicht von dem blonden Fräulein wenden. Er zog die federgeschmückte Kappe ab, verbeugte sich höflich vor der jungen Dame und sagte: „Bitte erschreckt nicht, denn von uns droht Euch keine Gefahr. Wir sind nur zwei harmlose Jäger, die sich an dieser Quelle stärken wollen."

„Dann erlaubt, daß meine Zofe Erna Euch einen Becher gibt", antwortete das Fräulein. „Erna, was ist denn?"

„Verzeiht", stammelte diese und nahm einen in Silber getriebenen Pokal aus einem Korb, den sie an der Quelle füllte, um ihn dann Robin zu reichen. Doch gleich darauf starrte sie wieder verzückt Klein-John an, der sich über das Wässerlein gebeugt hatte und durstig das kristallklare Labsal schlürfte. Schließlich ging Erna sogar die paar Schritte zu Klein-John und kauerte sich bei ihm nieder.

Auch Robin hatte getrunken, und nun gab er den Becher an die Jungfrau zurück. „Habt herzlichen Dank", sagte er. „Wenn ich jetzt noch Euren Namen erfahren dürfte, würdet Ihr mich ganz glücklich machen."

„Ich heiße Marian", erwiderte die junge Frau, „und bin auf

der Burg des Grafen von York zu Hause."

„Beim Grafen von York, der ein Freund des Sheriffs von Nottingham und ein Gefolgsmann des Prinzen John ist", stellte Robin verwundert fest. „Dann habt Ihr aber großen Mut, wenn Ihr Euch, nur von Eurer Zofe begleitet, in diesen Wald wagt. Es könnte doch leicht geschehen, daß Ihr dabei dem Räuber Robin Hood in die Hände fallen würdet."

„Ja", antwortete das Fräulein Marian nachdenklich, „dieser Robin Hood scheint ein schlimmer Geselle zu sein. Das sagt man wenigstens auf der Burg. Doch ich habe die Geschichte auch schon anders gehört..."

„Wie denn?" wollte Robin erfreut wissen.

„Der Sheriff von Nottingham soll Robin Hood schmählich um sein Erbe und seine Burg gebracht haben", lautete Marians Antwort. „Erst nach dieser Schandtat wurde der Edelmann Robin Hood zum Räuber, und das kann ich sogar verstehen. Außerdem hörte man von ihm noch nie, daß er sich an den Armen oder gar an einer schutzlosen Frau vergriffen hätte."

„Das würde er auch niemals tun", bestätigte Robin. „Kennt Ihr ihn etwa?" erkundigte sich Marian neugierig, wobei sie den Jäger im grünen Gewand schelmisch anlächelte.

Robin wiegte nur den Kopf.

„Wie dem auch sei", gab sich Marian zufrieden, „ich habe keine Angst, denn Ihr seid ja hier und würdet mich doch sicherlich gegen jeden Räuber beschützen, nicht wahr?"

„Mit meinem Leben!" versprach Robin Hood hingerissen. Ein bezauberndes Lächeln war sein Lohn. Dann jedoch sagte das Burgfräulein bedauernd: „Wie gerne würde ich noch ein Stündlein oder auch zwei mit Euch plaudern, doch leider erwartet man mich in York. Der Graf würde seine Soldaten aussenden, wenn wir nicht zur Zeit auf der Burg zurück wären. Doch sagt, wollt Ihr Euch nicht einmal in York sehen lassen? Dann könntet Ihr mich besuchen, Herr...?"

Robin Hood verbeugte sich und nannte lächelnd seinen Namen. Dann setzte er hinzu: „Vielleicht sehen wir uns wirklich einmal in York. Es wäre schön. Falls Ihr Eure Einladung noch aufrechterhaltet, nachdem Ihr nun wißt, wer ich bin..."

Das Fräulein Marian schluckte ein paarmal, doch allzu große Angst schien es nicht zu haben. Statt dessen sagte die Verwandte des Grafen York: „So durfte ich also den Mann kennenlernen, von dem man landauf, landab spricht. Es war mir eine Freude, doch warnen möchte ich Euch trotzdem. Gebt Euch nicht zu erkennen, solltet Ihr wirklich einmal nach York kommen, versprecht mir das!"

Robin Hood küßte zur Antwort ihre schmale Hand, was sie auch gerne geschehen ließ. Dann zwinkerte sie ihm noch einmal zu und rief ihre Zofe, die sich währenddessen eifrig mit Klein-John unterhalten hatte. Schließlich bestiegen die beiden Frauen ihre Zelter, die in der Nähe gegrast hatten, und ritten im Schritt davon. Auf der Waldlichtung blieben zwei bis über die Ohren verliebte Männer zurück.

„Ich wünschte mir, daß Richard Löwenherz nach England zurückkehren würde", seufzte Robin Hood. „Dann würde wohl auch wieder Friede im Land einkehren, und ich könnte Locksley von neuem aufbauen und eine liebe Frau heimführen."

„Das Fräulein würde gut zu dir passen, das muß ich zugeben", erwiderte Klein-John. „Sie ist so zart wie ein Reh,

und gleichgültig scheinst du ihr auch nicht gewesen zu sein. Doch ich frage dich: was hältst du von ihrer Zofe?"

Robin dachte an die hagere Erna und antwortete lieber nicht. Er nickte nur mehrmals verlegen mit dem Kopf.

„Aha, sie hat dich auch beeindruckt", frohlockte Klein-John. „In ganz England gibt es kein solch stattliches Weib mehr, und was ihre grasgrünen Augen angeht, so sagt man ja, daß auch Ginevra, die Gemahlin des Königs Artus, solche besessen habe und deswegen als die schönste Dame ihrer Zeit galt. Kurz und gut: Ich werde diese Erna freien, sobald wir mit dem Sheriff von Nottingham fertig sind!" Dabei sah Klein-John so entschlossen aus, daß Robin Hood es nicht wagte, ihm zu widersprechen, wenn er auch ganz anderer Meinung als sein Gefährte war. Außerdem mußte er ständig an Marian denken, denn er war mindestens ebenso verliebt wie Klein-John. Mühsam nahm er sich zusammen und befahl: „Jetzt aber weg von hier. Wir müssen einen Hirsch erlegen, sonst hungern die Kameraden im Lager. Von den Frauen können wir abends am Feuer träumen..."

Daraufhin kehrten sie zu ihren Pferden zurück, stiegen in die Sättel und setzten ihren Weg fort. Sie waren jedoch noch nicht weit gekommen, als durch den Wald plötzlich Menschenstimmen, das Schnauben von Rossen und das erregte Gebell von Jagdhunden zu ihnen drang. Und mitten hinein mischte sich ein ängstlicher Hilferuf. Gleich darauf ertönte das Klatschen von Peitschenschlägen.

„Es scheint, daß dort drüben ein Mensch mißhandelt wird", sagte Klein-John. „Kannst du das mit anhören?"

„Bei Gott – nein!" erwiderte Robin Hood. „Komm, wir wollen uns die Sache einmal näher betrachten."

Sie trieben ihre Pferde an und erreichten schon nach zweiminütigem Ritt eine neue Lichtung, auf der sich Reiter und Pferde förmlich drängten. Die beiden Freunde erkannten etwa dreißig normannische Kriegsknechte, welche mit Jagdwaffen ausgerüstet waren. In ihrer Mitte hielt auf einem arabischen Schimmel ein hochgewachsener, schwarzgelockter Ritter, dessen Rüstung silbern glänzte. Vor ihm kniete auf der nackten Erde ein Mann im Gewand eines sächsischen Bauern. Sein Rücken war entblößt, und einer der Knechte holte eben aus, um ihn erneut mit der Peitsche zu schlagen.

„Dreißig gegen einen – das ist ein übles Spiel, das ich gar nicht liebe", sagte Robin Hood grimmig, zog sein Schwert und trieb seinen Hengst mitten auf die Lichtung, so daß er erst hart vor dem Ritter zum Stehen kam. Klein-John folgte ihm, ebenfalls mit blanker Waffe, auf dem Hufschlag.

Der Knecht ließ die Peitsche sinken. Der Bauer schaute unter Tränen zu Robin Hood auf. Der Ritter dagegen fuhr den Störenfried wütend an: „Was erlaubst du dir, Kerl, einfach heranzusprengen, daß mich der Dreck von den Hufen deines Gauls besudelt? Mach Platz, oder es ergeht dir wie dem Sachsen da!"

„Eben seinetwegen bin ich so schnell geritten", entgegnete Robin kühl. „Denn es gefällt mir nicht, daß ein wehrloser Mensch auf diese Weise mißhandelt wird!"

„So, das gefällt dir also nicht?" höhnte der Ritter. „Du wirst es aber dulden müssen, denn ich, Prinz John, habe es befohlen. Und wenn du nicht sofort verschwindest, dann wird dir dasselbe Schicksal blühen!"

Robin Hood war überrascht, ließ es sich jedoch nicht anmerken. Statt dessen antwortete er: „Ihr also seid Prinz John, der Bruder des edlen Löwenherz. Er hat Euch vertrauensvoll die Regentschaft in England übertragen, während er selbst auf dem Kreuzzug weilt, doch Ihr benutzt die Herrschaft, um England ins Unglück zu stürzen. Macht es Euch denn so große Freude, einen wehrlosen Bauern zu mißhandeln?"

„Bursche – wie wagst du denn mit deinem Herrn zu sprechen?" schäumte der Prinz. „Welchen Namen trägst du, daß du dir das herausnimmst?"

„Man nennt mich Robin Hood", antwortete dieser. „Und wenn Ihr den unschuldigen Bauern nicht freigebt, dann sollen Eure Knechte mein Schwert kennenlernen!"

Der Prinz erbleichte unwillkürlich, als er den gefürchteten Namen hörte, hatte sich aber sofort wieder in der Gewalt. „Du also bist der Räuber, der sich gegen meine Gesetze zu stellen wagt", schnaubte er. „Und der Lange da ist sicher einer deiner Komplizen. Schön, daß ihr mir hier in die Arme gelaufen seid. Ich will euch gleich ein wenig von meinen Jagdhunden hetzen lassen!"

Damit gab er dem Hundeknecht ein Zeichen, und der löste die beiden mächtigen Doggen von ihren Leinen. Mit gefletschten Zähnen stürzten sie sich auf Robin.

Ein feigerer Mann wäre von den Bestien unweigerlich vom Pferd gerissen und zerfleischt worden. Doch Robin Hood wußte sich seiner Haut zu wehren. Sein Schwert, das er die ganze Zeit über in der Hand gehalten hatte, blitzte zweimal scharf auf – und vor den Hufen seines Hengstes wälzten sich die Doggen mit durchschnittenen Kehlen.

Dies war so schnell geschehen, daß die Normannen und selbst der Prinz den kühnen Jäger nur ungläubig anstarren konnten. Robin Hood nützte das aus. Ein weiterer gedankenschneller Schwertstreich – und der gefesselte Bauer war frei. Robin Hood sprang daraufhin aus dem Sattel, half statt dessen dem Bauern auf seinen Hengst und rief ihm und Klein-John zu: „Auf und davon ihr zwei! Reitet zum Lager, ich werde bei Gelegenheit nachkommen."

Die beiden Reiter trieben die Pferde so nachdrücklich an, daß sie wie die Teufel durch das Gebüsch schossen und in Sekundenschnelle verschwunden waren.

Robin Hood dagegen stand lächelnd vor dem Prinzen, der ihn mit großen Augen anstarrte, und sagte: „Ihr braucht Euch nicht die Mühe zu machen, sie zu verfolgen. Denn sie kennen die Wälder besser als Ihr, und Ihr würdet sie doch nicht einholen können."

Erst diese Worte lösten Prinz John aus seiner Erstarrung. „Dafür habe ich dich", brüllte er Robin an. „Du hast meine Doggen getötet und meinen Gefangenen befreit. Er sollte zu Tode gepeitscht werden, weil er in meinem Forst gewildert hatte. Doch nun wirst du in York für seine und deine Schandtaten zu büßen haben!"

„Ihr wollt mich nach York zu Hofe bitten?" erkundigte sich Robin Hood höflich.

Beißender Spott blitzte in den Augen des Prinzen. „So kann man es auch nennen", versetzte er. „Ja, du sollst zuerst mein Gast in der Burg sein, ehe ich dich langsam zu Tode schinden lasse, Robin von Locksley. Diesen Spaß will ich mir mit dir machen."

„Dann gehen wir, denn ich bin hungrig und durstig", antwortete seelenruhig Robin. Und er steckte das Schwert weg und setzte sich freiwillig nach York in Marsch.

Der Prinz und seine Knechte folgten ihm, erstaunt wegen seiner Sorglosigkeit. Eine solche Unverfrorenheit, wie Robin Hood sie an den Tag legte, war ihnen im ganzen Leben noch nicht begegnet. Doch Robin selbst dachte nur an Marian, welche er auf diese Weise wiederzusehen hoffte.

York war zu jener Zeit noch bedeutender als Nottingham; York beherrschte den Norden Englands. Sein Bischof stand gleichberechtigt neben dem von Canterbury, und Englands Regenten hielten hier fast ebenso häufig hof wie in der Hauptstadt London. Die Stadt wimmelte von Bewaffneten, Händlern, Priestern, Bauern und Dieben, und hoch über diesem Menschengetümmel thronte auf einem Felsen die mächtige Grafenburg.

Selbst im Licht der milden Septembersonne wirkten die trutzigen Mauern drohend. Die schmalen Schießscharten, die überall angebracht waren, erweckten den Eindruck, als könnten sie jeden Augenblick Tod und Verderben speien, und die Speerträger, die Mann neben Mann auf den Zinnen und Wehrgängen standen, schienen nach Hunderten zu zählen. Robin Hood wußte, daß tief unten in den Grundfesten der Burg schaurige Verliese lagen, und er hatte sagen hören, daß es noch niemals einem Gefangenen gelungen war, aus eigener Kraft von dort wieder zu entkommen, wenn er erst einmal durch königlichen oder gräflichen Richterspruch im Kerker gelandet war.

Und dennoch folgte Robin dem Prinzen und dessen Soldaten in die Festung. Prinz John hatte während des ganzen Rückwegs, der mehr als drei Stunden in Anspruch genommen hatte, das Wort nicht wieder an Robin Hood gerichtet. Doch hatte der Gesetzlose sehr wohl die leisen Befehle gehört, welche der Fürst an seine Männer gerichtet hatte. Sie sollten ihn schärfstens bewachen, wenn man ihm auch seine Waffen gelassen hatte, und sollte Robin entkommen, dann würden diejenigen, welche die Schuld daran trugen, mit dem Tode bestraft werden. Der Prinz wollte also offensichtlich ganz sichergehen, daß sein Gefangener dem Henker ausgeliefert werden konnte, sobald er selbst erst seinen Spaß mit ihm gehabt hatte.

Als sie Zugbrücke und Torbau passiert hatten, wandte er sich an Robin: „Nun, wie gefällt dir York, eine der stärksten Burgen meines Landes? Allerliebst, nicht wahr? Ich sage dir, daß sie selbst von zehntausend Sachsen nicht eingenommen werden kann."

Robin Hood erwiderte: „Das kann ich nicht beurteilen, denn wir Sachsen haben uns im Kampf selten hinter solch hohen Mauern verkrochen. Mein Volk ist gewohnt, sich dem Gegner in der offenen Schlacht zu stellen."

Der Prinz biß sich zornig auf die Unterlippe und wechselte das Thema. „Normalerweise lade ich meine Gäste stets erst nach Sonnenuntergang zum Mahl", sagte er. „Doch bei dir will ich eine Ausnahme machen und dich gleich zu einem Umtrunk im Kreis meiner Edlen bitten, bis die Köche den Braten bereitet haben. Ich hoffe, du bist einverstanden?"

„Der Tag im Wald hat mich hungrig und durstig gemacht", bestätigte Robin.

„Gut, du sollst alles in Fülle bekommen, was einem Mann wie dir zusteht", sagte der Prinz mit zweideutigem Grinsen. „Jetzt folge mir!"

Sie durchquerten den geräumigen Innenhof der Burg und stiegen dann eine dreimal mannshohe Treppe hinauf, die im Freien zum Eingang des Rittersaales führte. Ehe sie jedoch den Saal betraten, flüsterte Prinz John dem Anführer der Wache, der ihnen gefolgt war, einen Befehl zu, von dem Robin Hood kein Wort verstand. Das hämische Feixen des Offiziers ließ jedoch nichts Gutes vermuten.

Dann betraten sie den Rittersaal. Eine lange Tafel aus zolldickem Eichenholz stand in der Mitte des riesigen Raumes zwischen wuchtigen Säulen, und rund um diese gab es mindestens drei Dutzend hochlehnige Stühle. An den Mauern des Saals hingen gewaltige Teppiche, die meisten davon mit wertvollen Stickereien verziert, welche die verschiedensten Siege der Normannen seit den Tagen Wilhelms des Eroberers verherrlichten. Über diesen Teppichen, an der Ostseite des Rittersaals, lief dann noch eine Galerie über die ganze Breite des Raumes. Sie war von einer Balustrade abgegrenzt, die einem Erwachsenen ungefähr bis zum Gürtel reichen mochte.

Prinz John wies auf einen Stuhl, der genau in der Mitte unterhalb dieser Galerie stand und ihr die Lehne zukehrte. „Das soll dein Ehrenplatz sein, Robin von Locksley", sagte der Prinz. „Wenn du dich nur einen Augenblick gedulden willst, dann werde ich dir die tüchtigsten Männer meines Gefolges vorstellen." Mit diesen Worten ließ er sich an der Stirnseite der Tafel nieder, mindestens zehn Meter von Robin entfernt. Dieser nahm auf dem Sessel Platz, den der Prinz ihm angewiesen hatte. Robin trug noch immer Schwert und Dolch am Gürtel. Seinen Bogen und den Köcher mit den Pfeilen legte er vor sich auf die Tischplatte.

„Du könntest dich ebensogut von deinen Waffen trennen", sagte Prinz John. „Hier drinnen wirst du sie ohnehin nicht brauchen."

„Ein guter Jäger weiß nie, wann er zum Schuß kommt", erwiderte Robin Hood.

„Wie du willst." Prinz John klatschte in die Hände, und ein Mundschenk erschien mit zwei Gehilfen. Hohe Silberkannen, die mit Wein gefüllt waren, wurden auf die Tafel gestellt. Gleich darauf traten auch die Gäste in den Saal, welche dem denkwürdigen Gelage beiwohnen sollten. Es waren drei Dutzend normannische Ritter, hochgewachsene Haudegen, die wohl schon darüber informiert waren, was nun vorgehen sollte, denn sie warfen Robin Hood abwechselnd grimmige und spöttische Blicke zu. Doch der Sachse schien das gar nicht zu bemerken. Ruhig hob er seinen

Becher und nahm einen langen Schluck von dem würzigen Wein, der darin funkelte.

Erst als Prinz John erneut das Wort ergriff, schaute Robin wieder auf. Der Bruder des Königs wies auf einen dunkelhaarigen Ritter, der an seiner linken Seite Platz genommen hatte und Robin Hood wütend anstarrte. „Dies ist der Sheriff von Nottingham", sagte der Prinz. „Er freut sich ganz besonders, dich hier zu sehen, denn schließlich wart ihr ja früher einmal Nachbarn, ehe du es vorzogst, in die Wälder zu gehen." Die Lippen des Prinzen umspielte ein spöttisches Lächeln.

Robin Hood warf einen dolchscharfen Blick auf den Sheriff, der Burg Locksley niedergebrannt und seine Verwandten getötet hatte. „Es wird der Tag kommen, an dem ich den Sheriff von Nottingham zur Rechenschaft ziehe", erwiderte er dann.

„Das kannst du schon heute tun, denn der Herr von England sitzt mit dir an derselben Tafel", sagte Prinz John.

„Ich meinte aber König Richard", entgegnete Robin. „Meines Wissens trägt er immer noch die Krone dieses Reiches, und Ihr seid nur sein Stellvertreter, bis er ruhmbedeckt aus dem Heiligen Land zurückkehrt."

Bei den letzten Worten Robins schlug der Sheriff von Nottingham eine gellende Lache auf, warf einen bezeichnenden Blick auf Prinz John und meinte: „Der Waldschrat scheint die letzten Neuigkeiten aus London nicht gehört zu haben. Wollen wir ihn nicht einweihen, mein Prinz?"

„Das soll geschehen", antwortete John. „Doch zuvor sollen die Köche das Mahl auftragen. Gute Nachrichten muß man durch Braten und Weißbrot würdigen."

Er klatschte in die Hände, und ein halbes Dutzend Diener schleppten riesige Platten mit Fleisch, Soße und Gebäck in den Rittersaal. Erst als jeder der Anwesenden sein Teil erhalten hatte und auch vor Robin Hood eine volle Schüssel hingestellt worden war, fuhr er, zu diesem gewandt, fort: „Du hältst einem König die Treue, Robin Hood, der nie wieder auf dem englischen Thron sitzen wird. Ja, runzle nicht so grimmig die Stirn und taste nicht nach deinem Dolch – ich bin nicht schuld an Richards Unglück. Im Gegenteil, es erfüllte mich mit Trauer, als ich die schlimme Nachricht bekam, daß mein Bruder auf seinem Rückzug vom Heiligen Land in die Gewalt des Herzogs von Österreich geraten ist und nun von diesem auf der Zwingburg Dürnstein gefangen gehalten wird. Das Lösegeld, das der Österreicher verlangt, ist so hoch, daß es ganz England in hundert Jahren nicht aufbringen könnte. Selbst wenn die Sachsen im Land und auch die Juden von York eifrig sammeln. Was sie zusammenkratzen, wird doch nicht ausreichen, Richard aus Dürnstein zu befreien. Deshalb solltest du dich allmählich damit abfinden, Robin Hood, in mir deinen rechtmäßigen König zu sehen!"

Jeder im Saal konnte dem Mann im lincolngrünen Kleid ansehen, wie furchtbar ihn die unerwartete Neuigkeit getroffen hatte. In der einen Hand hielt er eine Rehkeule, die er vorhin noch hatte zum Mund führen wollen, die andere krampfte sich immer noch um den Dolch. Robin Hood konnte es kaum begreifen, daß Prinz John die Macht in England an sich reißen wollte, anstatt seinem gefangenen Bruder zu helfen. Das Märchen von dem fehlenden Lösegeld glaubte Robin nicht. Er war sicher, daß England das

Geld aufbringen konnte, um Richard Löwenherz aus der Gefangenschaft freizukaufen. Doch ebenso sicher war er, daß der verräterische John dies auf keinen Fall wünschte.

Er wollte dem hochfahrenden Fürsten – Regent von England oder nicht – diese Wahrheit eben wütend ins Gesicht schleudern, als ein Kriegsknecht neben dessen Stuhl trat und seinem Herrn etwas ins Ohr flüsterte. Robin sah, wie Prinz John daraufhin einen verstohlenen Blick zur Galerie hinaufwarf, welche er selbst nicht sehen konnte, da er ihr den Rücken zukehrte. Robin fühlte instinktiv, daß es besser für ihn war, sich nicht umzudrehen. Aber er spürte prickelnd eine Gefahr im Rücken.

Da redete ihn Prinz John erneut an: „Nun, Robin Hood, jetzt hattest du Zeit genug, um zu verdauen, was ich dir zu sagen hatte. Willst du mir nun als deinem gottgewollten Herrscher huldigen?"

„Ich huldige nur meinem König, und das ist Richard Löwenherz!" rief Robin wütend.

Der Sheriff von Nottingham fuhr hoch und riß sein Schwert halb aus der Scheide. Auch der Ritter, welcher Robin gegenübersaß, reckte sich drohend in seiner blankpolierten Rüstung.

Robin zuckte zusammen. Sein Blick saugte sich an dem glänzenden Metall des Harnischs fest, wo sich das Geschehen auf der Galerie hinter seinem Rücken widerspiegelte.

„Wenn du gegen mich rebellierst, dann sollst du deine Strafe auf der Stelle erhalten", gellte Prinz Johns Stimme durch den Saal. Er stieß den gepanzerten Arm in die Luft.

Im Saal erklang das Schwirren Dutzender von Bogensehnen.

Robin Hood handelte blitzschnell. Er schleuderte die heiße Rehkeule seinem Gegenüber ins Gesicht, packte mit beiden Fäusten den schweren Stuhl hinter sich und stemmte ihn hoch über seinen Kopf. Keinen Lidschlag zu früh, denn im selben Augenblick prasselte ein halbes Hundert Pfeile in die zolldicke Lehne aus Eichenholz, welche Robin Hood geistesgegenwärtig als Schild benutzt hatte. Denn Prinz John hatte zuvor heimlich den Befehl gegeben, daß ein Zug seiner Bogenschützen die Galerie ersteigen und auf sein Zeichen Robin Hood hinterrücks ermorden sollte.

Dieser schändliche Plan war freilich fehlgeschlagen, denn kein einziges Geschoß hatte Robin getroffen. Doch nun zogen ringsum die Ritter ihre Schwerter und machten Anstalten, sich auf den Verratenen zu stürzen. Und die Schützen auf der Galerie rissen neue Pfeile aus den Köchern.

Robin hatte keine Sekunde zu verlieren.

Er ließ den zersplitterten Stuhl fallen, packte seinen griffbereit daliegenden Bogen und schlug damit den Baron nieder, der ihm gegenüberstand. Fast gleichzeitig setzte er über die Tafel, daß Bratenstücke und Pokale nach allen Seiten flogen und rannte quer durch den Rittersaal zu einer Stelle, wo sich die Öffnung einer Wendeltreppe in der Mauer zeigte.

Pfeile schlugen um ihn herum ein; Robin wich ihnen aus, so gut er konnte und schoß selbst ein paarmal auf die Ritter, die ihn verfolgten. Zwei streckte er nieder, die anderen trugen ihre Rüstungen und waren deshalb langsamer als der gewandte Jäger, so daß Robin das Pförtchen unangefochten erreichte.

Er schlug die Tür einem nachdrängenden Knappen ins Gesicht und hastete die steilen Staffeln nach oben.

„Bringt den Kerl zurück – tot oder lebendig!" hörte er aus dem Saal Prinz Johns Stimme.

Gleich darauf hatte er das Ende der Wendeltreppe erreicht. Er sprang über die Schwelle eines zweiten Pförtchens – und sah sich zu seinem Entsetzen den Bogenschützen auf der Galerie gegenüber. Die meisten von ihnen spähten noch immer über die Brüstung nach unten, doch ein paar fuhren herum und spannten blitzschnell die Sehnen.

Auch Robin schoß, und der vorderste Mann stürzte. Einen zweiten schlug er mit dem Schwert nieder, das er gedankenschnell gezogen hatte. Mit Hilfe beider Waffen wild um sich hauend, bahnte er sich einen Weg durch seine Gegner, auf eine weitere Pforte zu, die sich in der Rückwand der Galerie befand. Es gelang ihm gerade noch, die eisenbeschlagene Tür hinter sich ins Schoß zu werfen, ehe schon wieder Dutzende von Geschossen in das Holz hämmerten. Robin rannte wie ein Wiesel eine steile Treppe hinauf. An dem Höhenunterschied, den er dabei überwinden mußte, merkte er, daß er sich in einem Turm der Burg befand.

Unten wurde die Pforte aufgespengt, und die Verfolger kamen ihm schreiend nach.

Robin hatte das oberste Stockwerk des Turms erreicht. Die Treppe endete auf einem Flur, von dem links und rechts je eine Türe abging. Darüber gab es nur noch eine mächtige Balkendecke. Robin Hood saß wie ein Fuchs in der Falle. Er legte einen neuen Pfeil auf und machte sich bereit, den ersten Verfolger über den Haufen zu schießen, der sich zeigen würde.

Da hörte er plötzlich neben sich das Geräusch einer Tür, die aufgestoßen wurde, er fuhr herum – und erkannte zu seiner grenzenlosen Überraschung Marian, das Burgfräulein, das er am selben Tag auf der Waldlichtung getroffen hatte. Marians Augen waren schreckgeweitet, und sie war ganz blaß, doch sie packte Robin mit entschlossenem Griff am Arm und zerrte ihn über die Schwelle in das Gemach.

„Nicht! Sie werden dich an meiner Stelle bestrafen", keuchte Robin.

Doch Marian legte ihm den Finger auf die Lippen und warf mit der anderen Hand die Tür zu. Dann schob sie einen schweren eisernen Riegel vor.

„Ich kann sie ein paar Minuten aufhalten, denn ich werde ihnen einfach vorspielen, daß ich geschlafen habe, wenn sie hier Einlaß begehren", flüsterte sie. „Doch bis dahin mußt du verschwunden sein. Komm schnell. Der Turm ist bis zur Höhe meines Fensters mit kräftigem Efeu bewachsen. Daran kannst du dich hinunterlassen und aus York entkommen."

„Wie soll ich dir das jemals danken", stammelte Robin.

Marian antwortete nicht, aber sie bot ihm ihre roten Lippen zum Kuß. Robin vergaß die Gefahr, in der er schwebte; erst Marian brachte ihn wieder zur Besinnung. „Schnell, die Soldknechte können jeden Augenblick hier sein!" mahnte sie, löste sich von Robin und stieß das Butzenfenster auf. Robin seufzte, warf den Bogen über die Schulter und das Schwert in die Scheide und schwang sich auf die Brüstung. Nach einem letzten Blick auf seine schöne Retterin griff er mit beiden Fäusten in die üppig wuchernden Efeuranken und ließ sich langsam nach unten. Doch seine Augen klammerten sich immer noch an Marians Gesicht fest, die sich aus dem Fenster beugte. Das war auch gut so, denn auf diese Weise tat Robin erst dann einen Blick in den fürchterlichen Abgrund, als er schon den halben Weg nach unten geklettert war. Oben verschwand Marians Kopf. Wahrscheinlich begehrten die Verfolger Einlaß in ihre Kemenate.

Robin hoffte, daß Marian sie lange genug aufhalten konnte und hangelte sich in Windeseile dem Burggraben entgegen. Endlich sprang er auf die moosbewachsene Böschung. Immer noch zeigte sich kein Verfolger. Wahrscheinlich war es keinem in den Sinn gekommen, daß jemand die Burg auf diesem halsbrecherischen Weg verlassen würde.

Das konnte Robin Hood natürlich nur recht sein. Er überquerte ungesehen den Graben, der fast trocken lag, und nach wenigen Augenblicken war er im Menschengewühl von York untergetaucht. Bis zum Stadttor brauchte er nicht mehr als eine Viertelstunde. Er passierte es knapp, ehe es für die Nacht geschlossen wurde.

Als er bereits ein beachtliches Stück Weges zurückgelegt hatte, hörte er in der einbrechenden Dämmerung einen Ruf aus dem Gebüsch am Wegrand. Gleichzeitig erschien der Rotschopf von Klein-John zwischen den Ginsterzweigen.

„Gott sei Dank!" seufzte der Riese. „Ich hatte mir ganz schöne Sorgen um dich gemacht, als du mit dem Prinzen abzogst. Deswegen schickte ich den befreiten Bauern allein zu unserem Lager und folgte dir. Ich hatte vor, in die Stadt einzudringen, wenn du nicht bald aufgetaucht wärst. Dein Hengst ist übrigens auch hier."

„Das ist Treue, die man nicht vergißt", antwortete Robin dankbar. „Nun aber laß uns reiten, denn ich habe den

Gesellen im Wald eine wichtige Nachricht zu bringen. Richard Löwenherz, unser König, sitzt in einem Verlies in Österreich gefangen!"

„Da schlag doch der Teufel drein!" wetterte Klein-John. „Jetzt wundert es mich nicht mehr, daß dieser Prinz John so übermütig geworden ist. Was wollen wir nun unternehmen, Robin?"

„Das wirst du im Lager erfahren", entgegnete dieser. „Jetzt aber wollen wir eilen, ehe der verräterische John uns noch ein Fähnlein seiner Lanzenreiter auf den Hals hetzt!"

Die beiden Kameraden trieben ihre Pferde an und preschten wie der Wind zurück zum Forst, wo die anderen Grünröcke lagerten.

Als sie gegen Mitternacht dort eintrafen, zählte Robin mehr Feuer als gewöhnlich. Es waren nämlich wieder neue Männer eingetroffen, welche vor der Willkür der Normannen hatten fliehen müssen und sich zu Robin Hoods Schar geschlagen hatten. Als die Männer ihren Anführer erkannten, schlug ihm lauter Jubel entgegen.

Robin Hood trieb seinen Hengst bis zum mittleren Feuer und sprang aus dem Sattel. Als die Männer sein ernstes Gesicht sahen, wurden sie stumm, und Bruder Tuck erkundigte sich: „Willst du uns nicht sagen, welche Laus dir über die Leber gelaufen ist?"

„Es ist ein großes Unglück geschehen!" rief Robin Hood über die Versammlung seiner Getreuen hin. „Prinz John, der zu Englands Nachteil regiert, nahm mich gefangen und schleppte mich nach York, wo er mich aber nicht festhalten konnte. Statt dessen erfuhr ich von ihm eine Neuigkeit, die uns alle angeht. König Richard Löwenherz, der allein auf der

Insel das Recht wiederherstellen und dem Land Frieden bringen kann, wird vom österreichischen Herzog auf der Burg Dürnstein gefangengehalten. Der König geriet in die Fänge des Habsburgers, als er sich auf dem Rückweg vom Kreuzzug befand."

Bis jetzt hatten die Männer in den grünen Gewändern wortlos gelauscht. Doch nun brach ein unbeschreiblicher Lärm los. Robins Gefährten brüllten durcheinander, fluchten, und einige wischten sich sogar die Tränen aus den bärtigen Gesichtern. Denn sie alle hatten darauf gehofft, daß mit der Rückkehr Richards auch wieder menschenwürdige Zustände in England Einzug halten würden und sie selbst die Wälder verlassen und zu Weib und Kind heimkehren könnten. Nun waren diese Hoffnungen plötzlich zerschlagen, und die Enttäuschten mußten ihrem Zorn Luft machen. Es dauerte eine ganze Weile, bis sie sich wieder so weit beruhigt hatten, daß Robin in seiner Rede fortfahren konnte.

„Der Herzog von Österreich verlangt ein hohes Lösegeld für Richard", rief er. „Trotzdem bin ich überzeugt, daß England es aufbringen kann. Doch Prinz John, des Königs eigener Bruder, weigert sich, auch nur einen einzigen Silbergroschen zu berappen, um den König aus dem Kerker zu erlösen."

„Dafür sollte man den Hundsfott einen Kopf kürzer machen!" rief William Scathlock und schwang drohend seinen Kampfstock.

„Man müßte ihn auch ins Gebet nehmen, weil er es wagte, unseren Anführer gefangenzunehmen", ließ sich Bruder Tuck hören.

„Wenn auch der Prinz seinen Bruder nicht befreien will –

ich werde gerne mein Scherflein dazu beitragen", schrie Gurth, der frühere Schankwirt. Dabei löste er einen schweren Beutel von seinem Gürtel und warf ihn Robin zu. „Wenn alle Engländer so dächten wie ich, dann wäre Richard Löwenherz bald befreit!"

„Da hast du ein wahres Wort zur rechten Zeit gesprochen, Gurth", lobte Robin Hood seinen Gesellen. „Wenn schon die normannischen Edelleute Verrat üben und nur an ihr eigenes Wohl denken, dann müssen eben wir einfachen Leute in die Bresche springen. Ich habe vernommen, daß bereits im ganzen Land die Sachsen ihre Silbergroschen zusammenkratzen, um den König zu befreien, und auch die Juden von York geben sich in dieser Hinsicht die allergrößte Mühe. Man soll nun nicht sagen können, daß Robin Hood und seine wackere Schar dabei abseits stünden. Von jetzt ab, meine Brüder, wollen wir nicht eher ruhen, bis wir den Normannen so viel Silber und Gold abgejagt haben, wie wir zum Freikauf des Königs brauchen. Ich hoffe, ihr seid darin alle meiner Meinung!"

„Und ob wir das sind!" rief Klein-John. „Wir werden den Pfeffersäcken das Geld schon abnehmen – und noch ein gutes Sümmchen darüber hinaus, wenn's sein muß!"

„Dann laßt uns schwören, daß wir alle unsere Kräfte für die Befreiung Richards einsetzen wollen", forderte Robin Hood.

Daraufhin hoben seine Gesellen die Hände. Damit bewiesen die Ausgestoßenen und Gesetzlosen dem König die Treue, die ihm von seinen eigenen Landsleuten verweigert wurde. Und die normannischen Edelleute sollten für ihr schnödes Verhalten bald bitter bezahlen...

Prinz Johns Henker

Vorerst jedoch schien der fürchterliche Prinz John wieder am Zug zu sein. Denn der mißratene Bruder des Königs hatte Robins tollkühne Flucht aus der Burg von York nicht verwinden können. Die Galle schwoll ihm, als hundert seiner Knechte des Franklins im grünen Gewand nicht hatten habhaft werden können, als dieser sie alle narrte und verschwand, als hätte ihn der Erdboden verschluckt. Denn von der Hilfe, die Marian Robin geleistet hatte, ahnte niemand etwas.

Um sich trotzdem noch an Robin Hood rächen zu können, erließ der Prinz ein teuflisches Gesetz. Er befahl, daß von jedem Dorf, welches Robin und seine Leute auf ihrem Zug durch England berührt hatten und wo man ihnen ein Dach über dem Kopf und etwas zu essen gewährt hatte, ein Mann am Galgen zu sterben habe. Und nun folgten die Schergen des Prinzen und die Reiter des Sheriffs von Nottingham Tag und Nacht den Spuren der grünen Jäger. Erreichten sie dann einen Ort, wo es stets einen Spitzel gab, der die Grünberockten verriet, dann wurde wahllos ein Bauer oder ein Handwerker herausgegriffen, der Galgen errichtet und der Unglückliche gehenkt.

Mehrere Male war dies schon geschehen, ehe Robin Hood die entsetzliche Kunde zu Ohren kam. Es bedrückte ihn schwer, daß Unschuldige für seinen Kampf gegen die Normannenwillkür bezahlen sollten, und er sann deswegen eine ganze Nacht lang auf Abhilfe. Am Morgen rief er seine besten Bogenschützen zu sich: den verwegenen Klein-John, Much, den Müllerssohn, Gurth, den früheren Schankwirt, den verschmitzten Bruder Tuck, den mürrischen William Scathlock und natürlich Allan vom Tal, den kunstreichen Sänger.

„Was ich vorhabe, kann einen jeden von uns das Leben kosten", sagte er zu den Männern. „Doch es gilt auch das Leben von anderen braven Menschen, die nichts weiter getan haben, als daß sie uns einen Bissen Brot und einen Schluck Bier verabreicht haben. Sagt also, ob ihr mir helfen wollt, die schmählichen Hinrichtungen durch die Normannen zu verhindern."

„Das ist Christenpflicht", antwortete Bruder Tuck und sprach damit aus, was auch alle anderen dachten.

„Ich wußte, daß ich auf euch rechnen kann", freute sich Robin. „Hört nun meinen Plan! Jeder von uns sucht sich einen zweiten Mann aus, auf den er sich verlassen kann. Dann sollen sich diese Zweiergruppen in der ganzen Gegend verteilen. Wenn wir hören, daß wieder ein braver Sachse gehenkt werden soll, reiten wir in das betreffende Dorf. Und dann kommt es nur noch auf ein sicheres Auge und eine ruhige Hand an."

Robin erklärte noch genau, wie er sich das vorgestellt hatte, und schon eine Stunde später machten sich die verschiedenen Trupps auf. Jeder der Männer hatte geschworen, daß kein unschuldiger Sachse mehr durch die Hand eines normannischen Henkers den Tod erleiden sollte.

Und während der nächsten Wochen hatten Prinz John und

der Sheriff von Nottingham allen Grund, noch wütender auf Robin Hood und seine Gesellen zu sein. Denn es war wie verhext: Sie konnten keinen Mann mehr hängen lassen, den sie zu solch schmählichem Tod verurteilt hatten.

Wo immer ein Henker im roten Blutgewand, begleitet von schwerbewaffneten Kriegsknechten in ein Dorf kam und den Galgen aufrichtete, tauchte auch einer von Robin Hoods Vertrauten mit seinem Gefährten auf. Wenn der Henker dann die Schlinge um den Hals des Verurteilten legte und sie mit bösem Grinsen straff anziehen wollte, klang eine Bogensehne, und ein trefflich gezielter Pfeil durchschnitt den eingeseiften Strick. Und stets war dann ein zweiter Grüngekleideter blitzschnell zur Stelle, hoch zu Roß, mit einem ledigen Pferd bei der Hand, welcher dem Delin-

quenten zur raschen Flucht verhalf. Auf diese Weise wurden im ganzen Land bald die Gesetze des Prinzen verlacht, während Robin Hoods Schar weiter um so manchen wackeren Gesellen anwuchs.

Einmal freilich wäre es beinahe schiefgegangen. An jenem Tag nämlich sollte in einem Dorf zwischen Nottingham und York ein Mann gehenkt werden, der es gewagt hatte, einen normannischen Söldner niederzuschlagen, der ihm die sechzehnjährige Tochter hatte rauben wollen. Robin ritt selbst hin, um den guten Mann zu befreien. In seiner Begleitung befand sich diesmal Allan vom Tal, denn das Unternehmen galt als besonders schwierig. Der Henker hatte zehn Soldaten zu seinem Schutz bei sich.

Trotzdem schoß Robin, auf einem Dachfirst hinter dem Kamin sitzend, den Strick mit dem ersten Pfeil durch, und Allan war flugs mit den Rössern zur Stelle. Auch Robin wollte vom Strohdach in den Sattel seines Braunen springen, den er an diesem Tag ritt, weil sein Hengst lahmte und im Lager zurückgeblieben war. Kaum jedoch hatte der kühne Schütze seine Deckung verlassen, als die Normannen ihn entdeckten und ihrerseits unzählige Pfeile auf ihn schossen. Robin gelangte zwar noch in den Sattel, doch dann traf ein Geschoß das Tier in den Hals, so daß es sterbend seinen Reiter in den Morast schleuderte.

Robin sprang wieder auf die Beine und rannte auf ein nahe gelegenes Schilfdickicht zu, das den Dorfweiher einrahmte. Dort legte er einen Pfeil auf die Sehne und wartete. Die Normannen umzingelten nun den ganzen Flecken und schickten Geschoß auf Geschoß hinein. Einen konnte Robin Hood so treffen, daß er nie wieder imstande sein würde, einen Bogen zu spannen, doch mußte er sich sagen, daß er selbst das Dickicht wohl auch nicht mehr lebend verlassen würde. Von Allan und dem befreiten Dörfler durfte er sich keine Hilfe erwarten. Die beiden Reiter hatten bereits einen so großen Vorsprung gehabt, als Robins Brauner stürzte, daß sie gar nichts mehr davon bemerkt hatten.

Die Normannenpfeile sausten immer näher bei Robin in das Schilf. Ihr Zwitschern kam dem Rebellen bereits wie das Hohnlachen des Todes vor.

Schon wollte er sein Schwert ziehen und aus dem Schilfwäldchen rennen, um im offenen Kampf wie ein Edelmann sein Ende zu finden, als er plötzlich einen Normannen fallen sah – und gleich darauf noch zwei andere.

Jetzt faßte er neuen Mut und setzte einen weiteren Gegner mit einem gutgezielten Schuß außer Gefecht. Dann schaute er über die Schulter – und erkannte Bruder Tuck mit einem ganzen Dutzend Grünberockter, die sich im Galopp dem Dorfweiher näherten und Pfeil auf Pfeil von den Sehnen schnellen ließen.

Im Handumdrehen rannten die Normannen wie die Hasen davon, so daß Robin Hood seelenruhig hinter einem seiner Männer in den Sattel klettern und entkommen konnte. So ging auch dieses Abenteuer glimpflich aus, und Robin hatte dabei nichts weiter verloren als ein Pferd.

Im Lager fragte Robin Bruder Tuck, wie er denn so schnell zur Stelle hatte sein können. „Das sieht mir fast so aus, als hättest du eine göttliche Eingebung gehabt", stellte er fest.

Der Mönch schmunzelte und antwortete: „Wenn du es so nennen willst, kann ich natürlich als gläubiger Mensch nichts dagegen sagen, denn die Ratschläge des Herrn sind unerforschlich. Doch muß ich trotzdem bekennen, daß im Lager ganz einfach das Bier ausgegangen war, und daß mich ein schrecklicher Durst plagte. Also beschloß ich, mit ein paar Leuten zum Dorf zu reiten, denn ich dachte mir, daß die Bauern dort, schon aus Dankbarkeit, uns mit einem oder zwei Fäßchen aushelfen würden. Auf diese Weise kamen wir gerade zurecht, um dich herauszuhauen, und das war Gott sicherlich wohlgefällig, da wette ich meine Kutte!"

Robin mußte sich das Lachen verbeißen. „Aber das Bier hast du in der Eile ganz vergessen", sagte er dann.

„Man kann seinen Durst auch mit Wasser stillen", antwortete Bruder Tuck salbungsvoll. „Und immerhin haben wir mit dir eine bessere Beute heimgebracht als ein Faß Bier."

So ging auch dieses Abenteuer glimpflich aus, und mit der Zeit verbreiteten Robins Bogenschützen unter den Normannen solchen Schrecken, daß der Prinz sein Gebot, alle zu hängen, welche Robins Männer unterstützten, widerrufen mußte.

Statt dessen machten nun starke Trupps seiner Söldner Jagd auf die Grünberockten, doch diese wußten ihnen immer wieder in die unwegsamen Wälder zu entkommen, wo sich die gepanzerten Männer nur schwer einen Pfad bahnen konnten, während sich Robins Leute so flink wie Eichhörnchen darin bewegten.

Und deswegen fand Robin Hood nun genügend Gelegenheit, sich um das Lösegeld für den gefangenen Richard Löwenherz zu kümmern.

Der Bischof von Hereford

Noch einmal brachte der Herbst prächtigen Sonnenschein. Goldfarbene Kringel spielten im Laub der Eichen und Buchen, und die Luft war so frisch und klar, daß sie einen berauschen konnte wie Wein aus der Champagne.

Da ritt, von York kommend, der Bischof von Hereford durch den Sherwood-Forst. Er kam von der Burg des Prinzen John, wo er seit vierzehn Tagen zu Gast geweilt und zusammen mit John und seinen Baronen so manche üble Intrige gegen König Löwenherz und dessen Getreue gesponnen hatte. Jetzt, nach der endlosen Gasterei, hing der Bischof wie ein Sack auf seinem Schimmel und schnaufte bei jedem Tritt schwer. Hinter dem Bischof schritten zwölf Knechte in Helm und Harnisch, welche sich ebenfalls alle durch feiste rote Gesichter auszeichneten.

Als der Zug eine Biegung des Waldpfades erreichte, stieß der Bischof einen Rülpser aus und zügelte schnell seinen Schimmel. Denn mitten auf dem Weg brannte ein Feuer, über dem an einem zugespitzten Ast ein Rehbock stak, und daneben hockten zwei Sachsen in grünen Kleidern, welche den Bischof und seine Begleiter ganz unverfroren anstarrten.

Dem feisten Pfaffen aus Hereford fiel nichts anderes ein, als ungnädig zu fragen: „Was treibt ihr denn da, Kerls?"

Schalk blitzte in den Augen der Grüngekleideten am Feuer. „Oh, wie tut Ihr mir leid, lieber Herr!" sagte der eine.

„Wie? Was?" schnappte der Bischof. „Warum sollte ich dir leid tun, Bursche?

„Weil Ihr blind sein müßt, wenn Ihr fragt, was wir hier treiben. Ihr könnt wohl nicht sehen, daß wir einen Rehbock braten, den wir hier, im Forst des Prinzen John, gewildert haben."

Das fette Gesicht des Bischofs von Hereford lief purpurfarben an. „Und das gibst du auch noch zu, Hundsfott!" rief er. „Nicht genug, daß du deinen Spott mit mir treibst, du brüstest dich auch noch, diesen Bock gewildert zu haben! Dafür werde ich euch beide nach Nottingham und an den Galgen bringen!"

„Aber nicht doch!" mischte sich nun der andere Grüngekleidete ein. „Wie könnt Ihr denn als ein Diener Christi so grob reden?"

„Ihr sollt meine Grobheit erst noch kennenlernen", schnaubte der Bischof außer sich. Und zu seinen Knechten gewandt, befahl er: „Packt und fesselt die Halunken!"

Doch da wurde der junge Mann, welcher zugegeben hatte, den Rehbock gewildert zu haben, ein ganz anderer. Seine Gestalt straffte sich, und seine Augen blitzten nun nicht mehr voll Schalk, sondern gefährlich. „Ein Fettwanst wie du wird es niemals fertigbringen, mich gefangenzunehmen. Überhaupt solltest du dich in meinem Revier eines höflicheren Tones befleißigen!"

„In deinem Revier?" sprudelte der Bischof zornig. „Wer bist du, Bursche, daß du so etwas zu behaupten wagst. Auf der Stelle nennst du mir deinen Namen!"

„Ich bin Robin Hood", antwortete der Grüngekleidete.

Das Gesicht des Bischofs, das eben noch purpurrot vor

Zorn gewesen war, wurde schlagartig totenblaß. Seine Knechte, welche ihre Spieße drohend auf Robin und seinen Freund, nämlich keinen anderen als Allan vom Tal, gerichtet hatten, wichen zurück, wobei ihre Waffen böse durcheinander gerieten.

„Wir haben schon auf euch gewartet", sagte Robin ruhig. „Und jetzt sieht es ganz so aus, als ob nicht ihr uns, sondern wir euch gefangennehmen würden."

Der Bischof ermannte sich wieder. „Das wird dir schwerlich gelingen, denn ihr seid nur zu zweit", sagte er.

„Im Augenblick schon noch – aber gleich nicht mehr", antwortete Robin Hood und stieß einen schrillen Pfiff aus. Im nächsten Moment wurde es ringsum in den Büschen und unter den Bäumen lebendig. Mindestens dreißig von Robins Gesellen tauchten mit gezückten Waffen auf, an ihrer Spitze Klein-John und Bruder Tuck. Diese beiden sprangen zum Pferd des Bischofs und zerrten ihn unsanft aus dem Sattel. Die übrigen kümmerten sich um die Landsknechte. Es dauerte keine zwei Minuten, da hatten diese ihre Spieße und sonstigen Waffen auch schon abgeben müssen und standen zitternd um den Stamm einer mächtigen Ulme, während Robins Leute sie mit ihren Pfeilen in Schach hielten.

Robin Hood wandte sich nun wieder dem Bischof zu. „Du kommst geradewegs aus York, von der Burg des Prinzen?" wollte er wissen.

Ängstlich nickte der Normanne.

„Und hast dort wohl so manches üble Ding gegen deinen König Richard Löwenherz ausgeheckt?"

„Bei Gott, nein – ich schwör's", stammelte der Bischof. „Ich habe in York nichts weiter getan als gebetet – für die Freilassung des Königs."

„Und wohl auch darum, daß bald das Lösegeld für Richard zusammengebracht wird, nicht wahr?" wollte nun Allan wissen.

„Genauso ist es", versicherte der Dicke.

„Wieviel Gold und Silber hast du denn selbst zu Richards Befreiung beigesteuert?" erkundigte sich wieder Robin.

Der Bischof schluckte, seine feisten Backen wackelten. „Ich . . . ich bin nur ein armer Diener der Kirche", stammelte er schließlich. „Ich besitze nur geistliche Schätze, aber weder Gold noch Silber. Deswegen konnte ich nichts für den König spenden."

Robin Hood schlug eine helle Lache auf und winkte Bruder Tuck heran. „Du hast es gehört, mein Freund", sagte er. „Der Bischof von Hereford behauptet von sich, er sei so arm wie eine Kirchenmaus. Was meinst du dazu?"

„Daß er dann noch schlechter dran ist als ein simpler Mönch", erwiderte Tuck, „denn ich trage wenigstens ein Dutzend Silberstücke im Beutel und habe bereits dreimal soviel für den König gegeben. Es könnte natürlich auch sein, daß der Bischof lügt. Das haben diese Herren zuweilen so an sich, obwohl es in der Bibel ausdrücklich verboten ist."

„Ich besitze wirklich keinen roten Heller", beteuerte der Bischof.

„Dann wollen wir uns davon überzeugen", bestimmte Robin Hood. „Bruder Tuck, du magst ihn durchsuchen. Dann bleibt diese Peinlichkeit wenigstens innerhalb der Kirche."

„Es ist mir eigentlich zuwider, aber ich werde es als meine Christenpflicht betrachten", antwortete der Mönch. Gleichzeitig gab er dem Hereforder einen derben Stoß, so daß dieser sich plump in eine Pfütze setzte. Als er auf der Erde anlangte, gab es einen silbernen Klang.

„Mich dünkt", sagte Bruder Tuck, „ich habe eben die Engel des Herrn singen gehört. Oder sollte ein Wunder geschehen sein und der Beutel des Bischofs sich auf einmal gefüllt haben? Nun, ich werde nachsehen."

Mit einem schnellen Handgriff langte er unter das Wams des Kirchenfürsten und förderte einen gewaltigen Lederbeutel ans Tageslicht, auf dem der fromme Spruch „Geben ist seliger denn nehmen" eingestickt war.

Der Bischof wetzte unruhig in der Pfütze hin und her, grapschte nach dem Beutel und machte ein sehr ungnädiges Gesicht. „Gib mir sofort mein Eigentum wieder", herrschte er Bruder Tuck an. „Das befehle ich dir als dein Oberhirte!"

Doch der Mönch zitierte nur ernsthaft die Inschrift auf dem Beutel, dann öffnete er ihn. Ein erklecklicher Strom von Gold- und Silbermünzen ergoß sich in seine Kutte. „Das sind mindestens hundert Pfund, was bedeutet, daß der Herr ein großes Wunder an dem Hereforder getan hat", sagte Bruder Tuck mit frommem Augenaufschlag. Und zum Bischof gewandt: „Du solltest eine volle Woche lang fasten, um dich für diese Gnade zu bedanken!"

Doch der Dicke murmelte nur wütend undeutliche Worte vor sich hin.

„Er ist ein Mensch, welcher ein Wunder nicht zu würdigen weiß", sagte Bruder Tuck leise zu Robin.

Der lachte, dann wandte er sich an den Bischof: „Nachdem wir von dir bekommen haben, was wir wollten, kannst du mit deinen Spießgesellen verschwinden. Spute dich aber, ehe meine Kameraden sich's anders überlegen!"

„Ich rühre mich nicht eher von der Stelle, als bis ich mein Geld wiederhabe", trumpfte da der Bischof von Hereford auf.

Robin gab William Scathlock, der ein wenig abseits stand, einen Wink. Einen Lidschlag später fuhr Williams Pfeil so nahe neben dem fetten Bischof in die Pfütze, daß dieser einen Satz tat, der einem Gaukler alle Ehre gemacht hätte und die Zügel seines prächtigen Schimmels zu packen versuchte, um im Sattel das Weite zu suchen.

Doch da flitzte auch schon ein zweiter Pfeil zwischen dem Hereforder und seinem Zelter durch. Der Bischof begriff, daß er neben seinem Gold auch den Schimmel zurücklassen mußte und floh nun zu Fuß in den Wald, zurück in die Richtung nach York.

Seine Begleiter brauchten keine solch drastische Aufforderung seitens des meisterlichen Bogenschützen. Sie ließen ihre Waffen auf der Erde liegen und nahmen ebenfalls die Beine in die Hand. Wenig später war von der ganzen Kavalkade, die zuvor so stolz dahergekommen war, nichts mehr zu sehen.

„Prinz John wird sich von dem Purpurträger ein übles Lamento anzuhören haben", sagte der Schankwirt Gurth. „Doch darüber brauchen wir uns nicht den Kopf zu zerbrechen. Wir werden statt dessen genug zu tun haben, unsere Beute an den Mann zu bringen."

„Das ganze Geld, das der Bischof bei sich trug, ist für den König bestimmt", erklärte Robin Hood. „Bruder Tuck soll es auf Heller und Pfennig zählen und dann mit einer Eskorte nach York schicken, wo der Jude Isaac eine Sammelstelle eingerichtet hat, um das Lösegeld für Richard zusammenzubringen. Es sollen jedoch nur solche Leute mitreiten, deren Köpfe noch auf keinem Steckbrief des Prinzen zu sehen sind."

Bruder Tuck machte sich nun gewissenhaft an seine Aufgabe, und es stellte sich heraus, daß ein weiteres Dutzend solcher Glücksfälle genügend erbracht haben würde, um den König auf der Stelle freizukaufen. Da jedoch auch noch viele andere Getreue im ganzen Land bestrebt waren, das Lösegeld zusammenzubringen, konnte Robin annehmen, daß es nun nicht mehr lange dauern würde, bis Richard Löwenherz' schändliche Kerkerhaft in Österreich beendet war.

„Prinz John wird Gift und Galle spucken, wenn sein Bruder nach England zurückkehrt", sagte Klein-John fröhlich. „Außerdem vermute ich, daß er nach dem Streich mit dem Bischof auf uns wieder verstärkt Jagd machen wird."

„Dann müssen wir eben noch listiger sein als bisher", erwiderte Robin. „Am besten, wir verlegen unser Lager und ziehen uns näher an York, wo man uns am allerwenigsten vermuten wird."

Damit waren alle einverstanden. Das alte Lager, das ganz in der Nähe stand, wurde aufgegeben und drei Meilen näher an der Stadt wieder aufgeschlagen. Doch so sehr die Grünröcke während der nächsten Tage auch nach den Schergen des Prinzen John ausspähten – sie zeigten sich nicht. Es blieb ruhig im Sherwood-Forst, worüber sie sich alle sehr wunderten. Die Schar, welche das erbeutete Geld in York abliefern sollte, kehrte ebenfalls unangefochten zurück. Doch sie brachte eine Nachricht mit, welche bewies, daß Prinz und Sheriff sie nun mit Tücke und List zu fangen trachteten...

Das Turnier

„Prinz John hat ein großes Turnier ausgerufen", meldete Much, der Müllerssohn, als er mit den Kameraden von York ins Waldlager zurückkehrte. „Einige Ritter, die es nach wie vor mit Richard Löwenherz halten, sollen gegen seine eigenen Barone in die Schranken treten. Außerdem sind auch alle sächsischen Bogenschützen aufgerufen, sich mit den besten Normannen in dieser Kunst zu messen."

„Das ist eine böse Falle", sagte sofort Bruder Tuck. „Und sie gilt dir, Robin. Der Prinz kennt deinen Stolz und deinen Ehrgeiz und hofft daher, daß du zum Bogenturnier nach York kommst. Bist du aber erst einmal in der Stadt, dann wirst du kein zweites Mal entkommen und wie König Löwenherz im Verlies landen."

Robin betrachtete nachdenklich den Pfeilschaft, an dem er gerade herumgeschnitzt hatte, als seine Männer zurückgekehrt waren. „Du hast recht, Tuck", antwortete er. „Jetzt verschanzt sich der Prinz bereits hinter ritterlichen Spielen, um seine Feinde unschädlich zu machen. Aber ich werde trotzdem nach York gehen, denn meine Ehre steht auf dem Spiel."

„Wußte ich's doch!" seufzte der Mönch und schüttelte mißbilligend den Kopf. „Du rennst offenen Auges in dein

Verderben!"

„Ich bin nicht ganz so leichtsinnig, wie du denkst", entgegnete Robin. „In meinem grünen Kleid, in dem mich der Prinz zuletzt gesehen hat, werde ich mich nicht nach York wagen können. Wenn ich mir aber das Gesicht mit dem Saft von Walnüssen dunkelbraun färbe und ein anderes Gewand trage, wird mich so leicht niemand erkennen, und ich kann unbesorgt am Turnier teilnehmen. Der Prinz soll erst hinterher erfahren, wer es in Wirklichkeit war, der den ersten Preis im Bogenschießen gewonnen hat."

„Ich zweifle keinen Augenblick daran, daß du dieser Schütze sein wirst", sagte lachend Allan vom Tal, „dennoch solltest du nicht allein nach York gehen. Wir alle werden uns verkleiden und dich begleiten. Solltest du dann wirklich verraten werden, dann hast du fünfzig treffliche Bogenschützen bei der Hand, mit denen du weder Tod noch Teufel zu fürchten brauchst."

„Gut", bestimmte Robin Hood, „so wollen wir es machen. Bis morgen soll aus meiner wackeren Schar eine Bande von Kesselflickern werden, und dann wollen wir nach York ziehen. Ich denke, wir werden einen Heidenspaß bei dem Turnier des Prinzen erleben."

Robin Hood war ganz ausgelassen, doch daran war nicht allein die Aussicht schuld, bei dem Turnier den ersten Preis zu gewinnen. Er hoffte nämlich außerdem, in York Marian wiederzusehen, an die er täglich hatte denken müssen, seit er mit ihrer Hilfe aus der Burg entflohen war. Er wollte alles daransetzen, um ihr anläßlich des Turniers einen Besuch abzustatten.

Doch es gab noch einen anderen, den die Liebe nach

York trieb. Das war Klein-John, der sich zum Steinerweichen in Marians grünäugige Zofe vergafft hatte. „Ich muß sie treffen, wenn wir in York sind", vertraute er am Abend am Lagerfeuer Robin an. „Wirst du mir dabei behilflich sein?"

„Das versteht sich von selbst", versprach Robin, denn Klein-John und er hatten ja in diesem Fall dasselbe Ziel.

Am nächsten Morgen war die Schar der Gesetzlosen nicht wiederzuerkennen. Die Männer hatten ihre alten Gewänder hervorgesucht und sich, wie Robin Hood auch, die Gesichter mit Nußsaft gefärbt. Jetzt sahen sie tatsächlich wie eine Schar wandernder Kesselflicker aus, von denen es zu jener Zeit in ganz England wimmelte. Ihre Schwerter und Dolche trugen sie unter den zerschlissenen Kleidern, und ihre Bogen und Pfeile hatten sie in dicken Reisigbündeln versteckt, die nicht auffallen konnten, denn damals führte fast jeder Wanderer, der in eine Stadt kam, ein Bündel Feuerholz mit sich, um sich damit am Abend zu wärmen.

So zogen sie nach York, erreichten ungehindert die Stadt und durchschritten am Nachmittag das Tor, durch welches Robin erst kürzlich geflohen war.

Die Wächter ließen sie ungehindert passieren; keiner vermutete, daß es sich bei den zerlumpten Kesselflickern um die Rebellen aus dem Sherwood-Forst handelte. Um aber schnell wieder fliehen zu können, wenn das notwendig werden sollte, waren drei Mann in einem Gehölz vor der Stadt zurückgeblieben. Sie bewachten die Pferde, die sie heimlich mitgebracht hatten und die auf Robins Befehl hin Tag und Nacht gesattelt bleiben mußten.

Am folgenden Morgen sollte das Turnier beginnen; deswegen fanden Robin und Klein-John vorher noch Zeit, der blonden Marian und ihrer grünäugigen Zofe Erna einen Besuch abzustatten.

Im Dunkel der ersten Nachtstunde schlichen sie sich zur Burg. Robin lief ein kalter Schauer über den Rücken, als er daran dachte, wie er erst vor wenigen Wochen über die turmhohe Mauer entkommen war. Aber seine Sehnsucht nach Marian war stärker. Er watete ungesehen durch den Graben und begann sich an den Efeuranken hochzuhangeln. Klein-John folgte ihm auf dem Fuß, freilich tat er sich beim Klettern bedeutend schwerer als der schlanke Robin.

Die Wachtposten schienen in dieser Nacht leichtsinnig zu sein. Wahrscheinlich feierten sie beim Bier bereits das bevorstehende Turnier. Robin und Klein-John gelangten unangefochten bis zu jenem Sims, der sich unter dem Kemenatenfenster quer über den Turm zog. Sie stemmten die Stiefel in das rauhe Gestein und klammerten sich am Efeu fest, so gut sie konnten. „Wäre Erna nicht die schönste Frau in ganz York, dann hätte ich dieses Wagnis niemals auf mich genommen!" flüsterte Klein-John.

Robin dachte dasselbe von der blonden Marian und pochte vorsichtig an das bleigefaßte Fenster der Kemenate. Von drinnen hörte er das Rascheln von Frauengewändern, dann näherte sich ein Lichtschein dem Fenster, welches gleich darauf geöffnet wurde. Die Tonlampe beleuchtete Ernas hageres Gesicht.

„Mein Herzblatt!" ließ sich Klein-John vernehmen. „Laß mich hinein zu dir, denn der Efeu gibt unter meinem Gewicht bereits nach!"

Erna leuchtete dem seltsamen Besucher jedoch erst einmal in das bärtige Gesicht, ehe sie erfreut wisperte: „Du lieber Gott! Es geschehen noch Zeichen und Wunder! Bist du nicht der Räuber aus dem Wald, der mir mein Herz gestohlen hat?"

„In voller Lebensgröße", erwiderte Klein-John, „und mein Anführer ist auch mit von der Partie. Doch jetzt geh beiseite, denn sonst bin ich schneller wieder unten, als ich heraufgeklettert bin!"

Daraufhin machte Erna den Weg frei, und Klein-John schob sich über das Fensterbrett. Robin Hood sprang kurzerhand nach. Weil er zuviel Schwung genommen hatte, stolperte er bis in die Mitte des Gemachs, wo Marian in einem blauen Kleid stand und ängstliche Augen machte. Als sie aber den Mann auf sich zuschießen sah und ihn trotz der Nußschminke sofort erkannte, breitete sie die Arme aus, so daß Robin zu einer Begrüßung kam, wie er sie sich besser nicht hätte wünschen können. An der Stelle, wo Erna und Klein-John sich getroffen hatten, spielte sich die Sache übrigens ganz ähnlich ab.

Endlich, nach mehreren hingebungsvollen Küssen, schnappte Marian nach Luft und tadelte den glücklichen Robin: „Du hättest auf keinen Fall herkommen dürfen! Stell dir vor, ein Wächter hätte dich gesehen und Prinz Johns Ritter alarmiert. Dann befändest du dich jetzt schon im tiefsten Verlies!"

„Du hättest sicher einen Weg gefunden, mich abermals zu retten", balzte Robin. „Und du siehst ja selbst, daß niemand unser Eindringen bemerkt hat. Jetzt sind Klein-John und ich über die Maßen glücklich, und ich würde dieses Wagnis wiederum auf mich nehmen, um dich, wie im Augenblick, in den Armen halten zu dürfen!"

Marian zog Robin wortlos zu einem Diwan, der an der Schmalseite der Kemenate stand, während Klein-John mit seinem grünäugigen Schatz in der Fensternische blieb.

„Bist du wegen des Turniers in York?" wollte die Blonde von Robin wissen. „Fast fürchte ich es!"

„Ich bin deinetwegen gekommen – und wegen des Turniers", bestätigte Robin. „Doch du kannst ganz beruhigt sein. Meine gesamte Mannschaft befindet sich in York, ebenso gut verkleidet wie ich. Und wir sind wohlbewaffnet."

„Dennoch habe ich dich auf der Stelle erkannt", antwortete Marion. „Und das kann dir auch mit einem anderen so gehen, dem du einen deiner Streiche gespielt hast. Dann ist dein Leben keinen Pfifferling mehr wert, denn Prinz John lauert nur darauf, dich in die Fänge zu bekommen. Es ist doch ein offenes Geheimnis an seinem Hof, daß er das Bogenturnier nur deswegen ausgerufen hat, weil er vermutete, daß du kommen würdest."

„Das ahnte ich schon", erwiderte Robin Hood. „Aber ich bin nun einmal der beste Bogenschütze Englands, und deswegen gebührt mir auch der Preis."

Marian schüttelte in gespieltem Ärger das hübsche Köpfchen und sah dadurch noch reizender aus. „Es wäre mir ja eine riesige Freude, dir morgen den Preis zu überreichen", gab sie leise zu.

„Du zeichnest den Sieger aus?" staunte Robin.

Marian nickte.

„Dann werde ich noch besser schießen als je in meinem Leben", versprach Robin. „Doch nun berichte mir, was sich sonst noch am Hofe tut – ehe wir uns mit angenehmeren Dingen beschäftigen wollen."

Marian sah ein, daß ihr Freund diese Informationen brauchte. „Das Lösegeld für Richard Löwenherz ist beisammen", erzählte sie. „Herr Robert Estoteville, einer der wenigen Getreuen des Königs, die sich derzeit in England aufhalten, ritt gestern mit einer starken Eskorte nach Osten, um es nach Österreich zu bringen. Prinz John konnte den Zug nicht verhindern, so gerne er das auch getan hätte. Doch er durfte sich nicht offen gegen des Königs Paladin stellen. Wenn also alles gutgeht, dann kann Richard Löwenherz in wenigen Wochen wieder in England sein."

„Wenn alles gutgeht?"

„Ja", seufzte Marian. „Denn Prinz John wird auf andere Weise versuchen, seine Rückkehr zu verhindern. Ich habe es ebenfalls gestern erfahren, als ich mit dem Prinzen und seinen Baronen tafeln mußte. Prinz John will, daß bei dem morgigen Turnier Richards restliche Getreue fallen. Seine tapfersten Barone werden gegen sie in die Schranken reiten. Und gelingt morgen der Meuchelmord nicht, dann will John ihnen Hinterhalte legen, wenn sie später zurück zu ihren Burgen reiten. Selbst wenn Richard Löwenherz also nach England zurückkehrt, wird er keine Gefolgsleute mehr vorfinden und ist machtlos."

„Das darf nicht geschehen, denn dann hätten wir ja den Bischof von Hereford ganz umsonst um sein Gold erleichtert", murmelte Robin. „Dieser Prinz John will sich also um jeden Preis auf den Thron Englands setzen und den leiblichen Bruder um sein Erbe bringen!"

„Das will er", bestätigte Marian. Und in einem plötzlichen Überschwang der Gefühle rief sie: „Du mußt es verhindern, Robin. Du allein kannst es!"

„Ich habe bereits geschworen, es zu tun", antwortete Robin Hood. „Nach dem Turnier werden meine Leute die Wege und Wälder bewachen, und es wird den Baronen des Prinzen nicht leichtfallen, ihre Hinterhalte zu legen. Und wenn erst der König wieder in England ist, dann will ich mich ihm mit allen meinen Gesellen zur Verfügung stellen. Er soll den Thron wieder besitzen, für den er geboren wurde – und zwischen Normannen und Sachsen soll endlich Friede sein. So wie zwischen dir und mir, geliebte Marian!"

Darauf antwortete die blonde Normannin nicht mit Worten, sondern mit einem langen Kuß. Und da es nun keine politischen Dinge mehr zu besprechen gab, blieb es beileibe nicht bei dem einen. Erst gegen Mitternacht wurde Marian unruhig. „In einer halben Stunde wechseln die

Wachen, und sie werden dann besonders aufmerksam sein", flüsterte sie Robin zu. „Deswegen ist es besser, ihr geht nun – wenn es mir auch das Herz zerreißt. In Gedanken werde ich morgen während des Turniers bei dir sein, und wenn erst Richard wieder auf dem Thron sitzt, dann brauchen wir uns sicherlich nicht mehr heimlich zu treffen. Bis dahin aber mußt du auf dich achten, mein Robin!"

Der Geächtete versprach es, dann verabschiedete er sich mit einem letzten Kuß. Er hatte noch einige Mühe, auch Klein-John zum Gehen zu überreden, der sich mit seiner Erna prächtig unterhalten hatte. Doch endlich, kurz vor dem Wachwechsel, schwangen sich die beiden Freunde wieder auf das Fensterbrett und langten so glücklich unten im Burggraben an, wie sie in die Kemenate gekommen waren. Als die verschlafenen Wachen auf den Zinnen von frischen Soldaten abgelöst wurden, da befanden sich Robin und sein Freund bereits mitten in der Stadt in Sicherheit.

Schon früh am nächsten Morgen schmetterten hell die Fanfaren. Überall in den Straßen von York flatterten Fahnen im Herbstwind, und die Bewohner und Auswärtigen strömten in hellen Scharen zum Turnierplatz, der sich zwischen Burg und Münster erstreckte. Auf der kurzgeschorenen Wiese war ein riesiges Balkenrechteck abgesteckt, an den beiden Schmalseiten standen die spitzen Zelte der Ritter. Zahlreich waren sie im Osten, wo die Barone Prinz Johns lagerten, nur dünn gesät aber im Westen, wo sich die wenigen Getreuen des rechtmäßigen Königs versammelt hatten. An den beiden Längsseiten erstreckten sich die Tribünen; in der Mitte der nördlichen hielt der Prinz selbst hof, und unweit von ihm saß auch Marian, welche später den

Sieger im Bogenschießen auszeichnen sollte.

Pünktlich um neun Uhr gab Prinz John das Zeichen zum Beginn des Lanzenkampfes, des Turniers der Ritter. Sämtliche Fanfaren schmetterten daraufhin einen einzigen hellen Ton. Die ersten beiden Kämpfer ritten in schimmernden Rüstungen und auf gepanzerten Streitrossen in die Schranken. Es waren der bullige Front de Boeuf, der für den Prinzen stritt, und auf der anderen Seite der edle Graf von Essex, ein Ritter des Königs.

Die Hengste scharrten erregt an beiden Enden der Turnierbahn. Wieder erklang ein Fanfarensignal. Die Reiter ließen den Tieren die Zügel schießen und preschten aufeinander los. Die Anhänger des Prinzen John, welche bei weitem in der Überzahl waren, feuerten Front de Boeuf an. Es war bekannt, daß der riesige Normanne schon mehr als einen Gegner im Turnier getötet hatte. Der Graf von Essex schien überhaupt keine Chance zu haben.

Schon hatten sich die beiden Ritter einander bis auf drei Lanzenlängen genähert, als Front de Boeuf plötzlich alle Regeln des fairen Duells außer acht ließ und nach einer schweren, mit Zacken besetzten Eisenkugel griff, die an einer langen Kette hing. Diese wirbelte er gegen den Grafen von Essex und versuchte ihn auf diese Weise aus dem Sattel zu schlagen, noch ehe er ihn auf ritterliche Weise mit seiner Lanze erreichen konnte.

Der Graf, auf einen solch feigen Angriff nicht gefaßt, mußte seinen Schild hochreißen, doch dadurch kam seine eigene Lanze aus der Richtung und sein Renner aus dem Rhythmus. Jeden Augenblick mußte die Eisenkugel seinen Helm treffen.

Die Anhänger des Prinzen brachen in schrillen Jubel aus, die Freunde des Grafen protestierten lautstark. Doch keiner konnte dem Edlen aus Essex zu Hilfe eilen. Da flitzte plötzlich ein Pfeil aus der dichtgedrängten Menge der einfachen sächsischen Zuschauer und bohrte sich hart vor dem Streitroß Front de Boeufs in den Rasen. Der Hengst bäumte sich erschrocken, der Schlag Front de Boeufs mit der Eisenkugel ging fehl. Der Graf von Essex dagegen faßte sich wieder, legte die Lanze erneut ein – und traf den bulligen Baron so glücklich an der rechten Schulter, daß Front de Boeuf, sich überschlagend, den Sattel räumen mußte.

Als Sieger ritt der Graf zur Tribüne des Prinzen und nahm aus der Hand einer edlen Jungfrau seinen Lorbeer entgegen. Der Prinz konnte ihm den Preis nicht verweigern, denn er durfte sich nicht offen auf die Seite Front de Boeufs stellen, welcher so unritterlich gekämpft hatte. Doch Prinz Johns schwarze Brauen waren wütend zusammengezogen, und man konnte deutlich sehen, daß sein Haß auf den königstreuen Essex noch gewachsen war. Mit herrischer Bewegung gab Prinz John daher das Signal zum nächsten Waffengang.

In der dichtgedrängten Menge der Sachsen jedoch klopften viele dem geistesgegenwärtigen Bogenschützen anerkennend auf die Schulter, auch wenn sie nicht wußten, daß es Robin Hood gewesen war, der den Pfeil abgeschnellt hatte.

Dann ging das Turnier weiter. Jetzt wagte keiner von Prinz Johns Baronen mehr, zu unlauteren Mitteln zu greifen, so daß die Kämpfe fair ausgetragen wurden. Die wenigen Getreuen des Königs mußten jeweils gegen zwei oder drei Gegner nacheinander antreten, doch sie hielten sich wacker, so daß gegen Mittag, als das Turnier beendet war, niemand sagen konnte, die Ritter Richard Löwenherz' seien denen des Prinzen unterlegen.

Keiner konnte darüber glücklicher sein als Robin Hood. Er mußte nun noch beweisen, daß auch in der Kunst des Bogenschießens ein Getreuer des Königs den Lorbeer davontragen konnte – nämlich er selbst.

Wieder schmetterten die Fanfaren, und die Schützen versammelten sich auf dem Rasen zwischen den Schranken. Es waren Männer aus ganz England gekommen: Soldaten des Prinzen im schwarzen Lederwams, Jäger der verschiedenen Ritter und Barone, eigenwillige Waldläufer von der schottischen Grenze mit ihren nur kniehohen, halbrunden Waffen – und Robin Hood, dessen trefflicher Langbogen eine Elle höher war als er selbst. Aufgrund seiner Schminke und seiner abgerissenen Kleider wurde er jedoch von niemandem erkannt. Nur Marian winkte ihm heimlich zu.

Zunächst beteiligte sich Robin Hood jedoch gar nicht am Wettkampf. Denn die Distanz zwischen den Schützen und der Scheibe betrug nur 30 Schritte, und das war Robin viel zu läppisch, als daß er einen Pfeil auf die Sehne hätte legen mögen. Dennoch verfehlte so mancher von denen, die bereits angetreten waren, das Ziel und mußten ausscheiden.

Nun wurde die Scheibe in einer Entfernung von 50 Schritten von den Schützen aufgestellt. Auf diese Distanz einen Rehbock zu erlegen, galt bereits als ganz beachtliche Tat. So kam es, daß sich nun alle bis auf zwei Männer beteiligten, und diese beiden waren ein Leibjäger des

Grafen von Essex und Robin Hood. Sie standen nebeneinander und schauten zu, wie ihre Rivalen den Pfeil entweder in das faustgroße Ziel jagten oder aber die Scheibe verfehlten. Die letzteren mußten wiederum ausscheiden, und nun wurde die Scheibe in einer Entfernung von hundert Schritten aufgestellt.

Von denen, die auf 50 Schritte getroffen hatten, gelang es nur einem einzigen, seinen Pfeil ins Schwarze zu lenken, doch riß die Spitze nur den Rand des Ziels an.

Nun hob der Jäger des Grafen von Essex den Bogen. Er zielte lange und sorgfältig, schnellte den gefiederten Pfeil ab – und traf das Ziel genau in der Mitte.

Jubelgeschrei brandete auf, denn nur selten hatte man einen solchen Schuß gesehen. Der Jäger wandte sich Robin zu und forderte ihn fröhlich auf: „Nun zeig du deine Kunst. Du scheinst der einzige hier zu sein, der mir diesen Treffer nachmachen kann."

„Wollen sehen", erwiderte Robin augenzwinkernd, hob den Langbogen und jagte, scheinbar ohne zu zielen, seinen Pfeil hart neben dem des Leibjägers in die Scheibe.

Wieder jubelten die Zuschauer. Denn nun stand der Kampf unentschieden und ließ noch größere Spannung erwarten, da jetzt auf eine Entfernung von hundertfünfzig Schritten geschossen werden mußte.

Zwei Lakaien des Prinzen schleppten die Scheibe fünfzig Schritte weiter. „Ich lasse dir den ersten Schuß", sagte der Jäger. „Denn du scheinst mir mehr zu sein als bloß ein armer Kesselflicker."

„Zuweilen können auch Kesselflicker mit dem Bogen umgehen", antwortete Robin Hood. Dann legte er einen neuen Pfeil auf die Sehne, zielte kurz und schoß. Silbern flitzte der Pfeil durch die Luft und traf mit dumpfem Schlag wiederum das Zentrum der Scheibe. Es war ein Schuß gewesen, wie man ihn nur einmal alle zehn Jahre zu sehen bekam. Der Jubel der Zuschauer kannte keine Grenzen mehr. Mit lauten Zurufen wurde der Jäger aufgefordert zu zeigen, daß er nicht schlechter als sein Rivale war.

Der Mann des Grafen von Essex prüfte nun sorgfältig den Wind, ehe er sich zum Schuß fertig machte. Dann zielte er lange und genau. Endlich ließ er den Pfeil fahren, und auch sein Geschoß schlug ins Ziel ein, freilich wiederum nur am Rand des schwarzen Kreises.

„Du bist der Sieger des Tages", sagte der Jäger ohne Neid zu Robin.

Doch da packte diesen der Übermut. „Der Meisterschuß ist noch nicht getan", rief er mit heller Stimme. „Der kommt erst jetzt. Ich will den Pfeil des Jägers mit meinem eigenen spalten!"

Und schon hatte er ein neues Geschoß aus dem Köcher gezogen, gezielt und die Sehne schwirren lassen. Robins Pfeil sauste quer über den Turnierplatz – und traf genauso, wie er es eben vorausgesagt hatte. Der Pfeil des Jägers flog gespalten zur Erde. Stolz schaute sich Robin im Kreise um.

Hatten die Zuschauer bei den vorangegangenen Schüssen noch gejubelt, so herrschte nun betroffenes Schweigen. Denn nur die alten Sagen kündeten von solchem Können mit Pfeil und Bogen. Doch dann klang plötzlich laut die überraschte Stimme des Leibjägers über den Platz, der sich von seiner Begeisterung hinreißen ließ und sich bestimmt nichts Böses dabei dachte. „So schießt nur ein einziger Mann in

England! Es lebe Robin Hood, der Sieger des Turniers von York!"

Es war, als hätte ein Blitz mitten auf dem Turnierplatz eingeschlagen. Die anwesenden Sachsen, und auch so mancher Normanne schauten sich an, stießen sich in die Rippen und begannen begeistert oder wütend zu schreien. Viele überstiegen die Schranken und rannten auf den Turnierplatz. Auf seiner Tribüne erhob sich Prinz John und überschrie mit Stentorstimme das Getöse: „Kriegsknechte! Faßt den Wolf vom Sherwood-Forst! Bringt ihn vor mich!"

Die Söldner des Prinzen packten ihre Waffen fester und stürmten vor. Doch sie kamen nur ein paar Schritte weit, da blieben sie in der aufgeregten Menge stecken. Es war auch seltsam, daß rund um Robin Hood plötzlich eine große Zahl braungesichtiger Kesselflicker stand und keinen durchließ. Und auf ein Zeichen Robins schob sich der ganze Haufen sogar näher an die Tribüne heran, wo in der Nähe des wütenden Prinzen Marian saß. Sie war ganz blaß und lachte dennoch, und plötzlich richtete auch sie sich auf. Sie hielt eine silberne Kette in der Hand, den Preis des Siegers, den sie hatte überreichen sollen, und nun schleuderte sie diese Kette mit aller Kraft in die Richtung, wo Robin inmitten seiner verkleideten Getreuen stand. Robin streckte sich und fing die Kette auf. „Meinen Dank der schönen Marian und dem Prinzen für das prächtige Fest!" rief er übermütig. Gleich darauf war er wie ein Schemen in der dichtgedrängten, begeisterten Menge verschwunden.

Prinz John tobte und schickte noch mehr seiner Söldlinge vor. Doch die Sachsen versperrten ihnen wiederum den Weg, und als sie endlich doch bis zu der Stelle vorgedrungen waren, wo Robin eben noch gestanden hatte, da war dieser längst verschwunden.

Unerkannt hatte er sich unter dem Schutz seiner Leute davongemacht. Die Wachen am Tor, welche das Geschehen auf dem Turnierplatz nicht miterlebt hatten, dachten sich nichts weiter, als eine Gruppe von Kesselflickern die Stadt verließ. Draußen aber warteten die Kameraden mit den Pferden, und während in York Prinz John noch tobte und Gift und Galle spuckte, ritt Robin Hood mit seinen Gesellen bereits fröhlich dem Sherwood-Forst zu, so fröhlich, wie es sich für den Sieger im Turnier von York geziemte...

Ein Hinterhalt

Auf diese Weise betrog Robin Hood zum zweitenmal seinen Todfeind Prinz John um dessen Rache. Der Prinz aber wurde noch bösartiger, seit dem Turnier in York der Mordanschlag Front de Boeufs auf den Grafen von Essex mißlungen war und Robin Hood ihn selbst so schändlich genarrt hatte. Tag und Nacht überlegte der Prinz, wie er diese Niederlage wieder wettmachen und sich seiner gefährlichsten Gegner entledigen könne. Schließlich plante er einen neuen Anschlag, der dem königstreuen Grafen von Essex endgültig das Lebenslicht ausblasen sollte. So kam es, vier Wochen nach dem Turnier in York, zu dem Hinterhalt und der Schlacht im Sherwood-Forst.

Der Graf von Essex hatte sich diese ganze Zeit über in seinem Haus in York aufgehalten, wo er auf eine geheimnisvolle Botschaft zu warten schien. Selbst die Spione des Prinzen brachten nicht heraus, worum es sich genau handelte, sie konnten ihrem Herrn nur melden, daß verschiedene Boten bei dem Grafen angekommen waren. Nur zu gerne hätte Prinz John den Edelmann in seinem eigenen Haus überfallen lassen, doch das durfte er nicht wagen, da der Graf viele Freunde in York besaß. Doch als seine Spitzel ihm mitteilten, daß sein Widersacher am nächsten Tag nach Süden abzureiten gedenke, da sah Prinz John seine Stunde endlich gekommen. Denn außerhalb der Stadt, im wilden Wald, würde kein Hahn danach krähen, wenn der Graf verschwand.

Der Prinz beschied seinen engsten Vertrauten, den Sheriff von Nottingham, zu sich. „Schon einmal habt Ihr einen meiner ärgsten Feinde, den alten Richard von Locksley, ins Jenseits befördert!" Mit diesen hämisch hervorgestoßenen Worten begrüßte er den Sheriff. „Nun habe ich eine neue Aufgabe für Euch. Morgen reist der Graf von Essex, nur mit schwacher Bedeckung, nach Süden. Das ist sehr leichtsinnig von ihm, denn er kann auf diesem gefährlichen Weg den Tod finden, ehe er sich's versieht. Habt ihr mich verstanden, Sheriff?"

Der Herr von Nottingham furchte die pechschwarzen Brauen und versprach: „Ich werde mich und meine Leute sofort wappnen und dann mit dreifacher Übermacht über den Freund Richards kommen. Gegen die sechzig Geharnischten, die ich kommandiere, ist er hoffnungslos unterlegen."

„Gut", sagte der Prinz erfreut. „Ich sehe, wir verstehen uns. Übrigens wird Essex ja nach dem Tod seines Grafen einen neuen Herrn benötigen, und ich hätte nichts dagegen, wenn Ihr Euch die Grafenkrone aufs Haupt setztet, nachdem Euer Werk getan ist."

„Ich wage es, sie schon jetzt mein zu nennen", frohlockte der Sheriff. „Jetzt entschuldigt mich aber, denn es sind noch einige Vorbereitungen zu treffen."

„Trefft sie gut und sendet mir bald erfreuliche Nachricht!" Mit diesen Worten verabschiedete Prinz John den Sheriff.

Auf diese Weise wurde ein Komplott geschmiedet, das König Löwenherz eines seiner treuesten Vasallen berauben sollte.

Der Graf von Essex ahnte von alledem nichts. Er hatte den Boten angehört und abgefertigt, der von der Küste gekommen war und traf nun die letzten Vorbereitungen zum Aufbruch nach Süden, in seine eigenen Ländereien. Als er am nächsten Morgen das Stadttor von York passierte, begleiteten ihn nur zwölf Ritter und ein paar Troßknechte. Die Ritter hatten zudem ihre schweren Schilde an die Sättel ihrer Pferde gebunden und die unhandlichen Lanzen ein paar Maultieren auf den Buckel geschnallt, um auf diese Weise bequemer reisen zu können. Unangefochten passierten sie die Heerstraße nach Süden und erreichten schließlich den Sherwood-Forst.

Als die Sonne ihren Tagesablauf halb vollendet hatte, befanden sie sich mitten im Wald. Hier führte der schmale Pfad über einen Bach; die Reiter stauten sich an der Furt, da das erste Pferd sich standhaft weigerte, hineinzugehen. Zuletzt sprang sein Reiter, ein Knappe des Grafen, sogar aus dem Sattel, um das störrische Tier am Zügel über den Bach zu führen. Er hatte eben die Mitte der Furt erreicht, als zu beiden Seiten des Pfades der Wald lebendig wurde. Dutzende von Kriegsknechten des Sheriffs von Nottingham brachen aus dem Unterholz. Der Sheriff selbst sprengte von der anderen Seite her in die Furt und hieb mit einem einzigen Schwertstreich den wehrlosen Knappen nieder. Gleichzeitig rief er dem Grafen von Essex zu: „Jetzt sprich dein letztes Gebet, Freund Richards, denn dein Ende ist gekommen!"

Freilich dachte der Herr von Essex nicht daran, sich kampflos zu ergeben. Er riß das Schwert aus der Scheide und bemühte sich, den Schild vom Sattelknauf zu lösen. Dasselbe taten seine Begleiter, doch es gelang kaum einem, sich richtig zu bewaffnen, denn da waren auch schon die Kriegsknechte des Sheriffs heran und umzingelten zu viert oder gar zu fünft je einen der Ritter.

Den ersten konnte der Graf von Essex noch niederhauen, doch der nächste packte ihn währenddessen am Gürtel und zerrte ihn aus dem Sattel. Der Graf hatte Glück, daß er überhaupt stehend auf der Erde anlangte, doch da fuhr ihm auch schon ein Wurfspieß gegen die Brust, und nur sein vortrefflicher Harnisch rettete ihm das Leben. Mit dem Rücken zu seinem scheuenden Roß verteidigte er sich notdürftig, und ebenso erging es denjenigen seiner Ritter, die nicht schon beim ersten Ansturm zu Boden geworfen worden waren.

Der Sheriff hatte dem Treiben ein paar Augenblicke lang zugesehen. Jetzt spornte er sein Roß, daß das Wasser in der Furt hoch aufspritzte und griff den Grafen mit eingelegter Lanze an.

Traf der Stoß, so war das Gefecht entschieden, denn wenn der Graf fiel, so würden seine Ritter schwerlich weiterkämpfen. Wer noch lebte, würde sich ergeben oder zu fliehen versuchen. Dieses Wissen drückte auch das Gesicht des Sheriffs von Nottingham aus; vom Haß beflügelt legte der Wegelagerer die letzten paar Sprünge zurück.

Schon war die messerscharfe Lanzenspitze nur noch eine Elle vom Halsberg des Grafen entfernt, der sich immer noch verzweifelt gegen eine Übermacht von Angreifern wehrte und den Sheriff zwar bemerkte, ihm aber nicht mehr ausweichen konnte.

Nur das Schwert riß er in einer verzweifelten Reflexbewegung hoch. Es streifte die Lanze, konnte sie aber nicht ablenken. Schon schien der tödliche Stoß unausweichlich – als plötzlich ein Pfeil im Hals des Sheriffs stak. Der Verräter wurde so heftig aus dem Sattel geschleudert, daß seine Waffe die Richtung verlor und in hohem Bogen wegwirbelte. Der Sheriff selbst schlug hart am Rand der Furt auf, sein Roß ging durch.

In der Astgabelung einer Eiche, die etwas abseits des Weges stand, zeigte sich ein schlanker, grüngekleideter Mann. Es war Allan vom Tal, der Sänger aus Robin Hoods Schar, und er hatte den Pfeil abgeschossen, der dem Grafen des Leben rettete. Denn Robin hatte ihn für diesen Tag zum Wachtposten an dieser Furt bestimmt. Jetzt hob Allan den Langbogen erneut und sandte drei, vier weitere Geschosse in die Reihen der hinterhältigen Angreifer. Auf diese Weise bekam der Graf von Essex Luft. Ein paar seiner Ritter konnten sich zu ihm durchschlagen und, Rücken an Rücken fechtend, einen notdürftigen Verteidigungsring bilden. Zwar wurden sie noch heftig von allen Seiten bedrängt, doch war die Lage für den Grafen nicht mehr ganz aussichtslos.

Er fand Zeit, einen flehenden Blick in Allans Richtung zu werfen. Der Sänger nickte kurz und ließ den Bogen sinken. Dann hob er das Jagdhorn, das er an einem Lederriemen auf der Brust trug und stieß dreimal hintereinander kräftig hinein. Gleich darauf hatte Allan wieder den Langbogen schußbereit und sandte erneut seine tödlichen Pfeile in den Haufen der Knechte des gefallenen Sheriffs, welche trotz des Todes ihres Herrn wie wütende Eber weiterkämpften. Daß wiederum ein paar von ihnen fielen, schienen sie gar nicht zu beachten.

Aus der Ferne ertönte nun ein zweites Jagdhorn, ebenfalls dreimal hintereinander. Allan schoß noch ein paar Pfeile ab und sprang dann vom Baum, um nun dem Grafen mit seinem Schwert zu Hilfe zu kommen. Sechs seiner Ritter kämpften noch Seite an Seite mit ihm, doch ein Kind mußte einsehen, daß sie sich nicht mehr allzu lange halten konnten.

Da erklang zum drittenmal ein Jagdhorn, nun schon ganz nahe, und im nächsten Augenblick sprengte Robin Hood an der Spitze von einem Dutzend Reiter aus dem Wald. Mit blankem Schwert hauten sich die Neuankömmlinge eine Gasse zum Grafen und verstärkten auf diese Weise seine kleine Schar.

„Das war Hilfe in letzter Sekunde", keuchte Allan, zu Robin gewandt, zwischen zwei Schwertstreichen.

„Warte es ab – das Gros unserer Leute kommt erst noch", antwortete dieser. Und als hätte Robin Hood damit ein Signal gegeben, wurde es ringsum im Wald erneut lebendig. Überall tauchten grüngekleidete Männer auf, in raschem Lauf, den Langbogen in den Fäusten – und ein fürchterlicher Pfeilhagel ging nun auf die Normannen des toten Sheriffs nieder. Im Handumdrehen war mehr als ein Dutzend gefallen oder verwundet. Der Rest, immer noch mehr als vierzig Mann, zog sich daraufhin erschrocken und verstört auf den Waldweg zurück. Sie griffen sich ihre Pferde, die sie zuvor ein wenig abseits angebunden hatten, warfen sich in die Sättel und verschwanden in hemmungsloser Flucht in Richtung auf York. Robins Leute sandten ihnen noch ein paar Pfeile nach, doch dann gaben sie sich damit zufrieden, die Angreifer glücklich vertrieben zu haben und verzichteten auf eine weitere Verfolgung, obwohl ihnen diese jetzt leichtgefallen wäre. Doch das Blut von Flüchtigen wollten sie nicht. Deswegen versammelten sie sich nun um Robin Hood und den Grafen von Essex.

Schwer atmend deutete der Graf mit der Schwertspitze auf den toten Sheriff von Nottingham, der mit dem halben Leib im trüben Wasser der Furt lag, wischte sich den Schweiß von der Stirn und wandte sich an Robin: „Hättet Ihr nicht eingegriffen, dann läge ich wohl jetzt erschlagen in diesem wilden Wald. Ich bin Euch zu großem Dank verpflichtet. Doch wollt Ihr mir nicht Euren Namen nennen, wenn ich auch glaube, daß ich ihn sowieso schon erraten habe..."

Robin antwortete lächelnd: „Ich weiß nicht, ob ein Gesetzloser seinen Namen dem Grafen von Essex nennen sollte. Lassen wir es deswegen lieber bei Eurer Vermutung. Wenn Ihr Euch jedoch bedanken wollt, dann wendet Euch an Allan vom Tal. Hätte mein Freund nicht auf dem Baum gesessen, dann hätte dieser Tag wohl wirklich böse geendet."

Der Graf griff in seinen Gürtel und zog eine schwere Börse hervor. Er reichte sie Allan mit den Worten: „Deinen Namen habe ich nun wenigstens erfahren. Erlaube mir, Allan vom Tal, daß ich dir diese Goldmünzen zum Dank überreiche."

Allan jedoch wollte nicht unbescheidener sein als sein Freund Robin. „Ich pflege in diesen schlimmen Zeiten Gold nur von Bischöfen oder anderen Kreaturen des Prinzen John anzunehmen", versetzte er. „Nicht aber von denen, welche Richard Löwenherz die Treue bewahrt haben. Denkt Euch einfach, daß der Dienst, den ich Euch leisten durfte, dem König gegolten hat – und bietet ihm des Sängers Allan untertänigsten Gruß, wenn Ihr ihm einmal begegnen solltet, was ich sehr wünschen möchte!"

Lächelnd steckte der Graf den Beutel wieder ein. „Ich sehe schon", sagte er, „daß man im Sherwood-Forst nicht nur Räubern begegnet, wie Prinz John behauptet, sondern daß es hier jede Menge edler, ritterlicher Gesellen gibt. Und wenn ihr auch mein Gold nicht nehmen wollt, so soll doch eure heutige Tat nicht vergessen sein." Der Graf schien einen Moment nachzusinnen und mit sich selbst zu kämpfen. Danach fügte er mit gedämpfter Stimme hinzu, so daß nur Allan, Robin und ein paar andere, die nahe genug standen, ihn verstehen konnten: „Es ist tatsächlich möglich, daß ich demnächst auf König Löwenherz treffe. Und wenn ihr, die ihr euch so wacker gegen die Bande des Sheriffs geschlagen habt, es mit ihm halten wollt, dann wendet euch ebenfalls nach Süden. Es könnte sein, daß der König euch brauchen kann."

„So ist unser Herr also bereits in England gelandet?" rief Klein-John begeistert.

Der Graf legte den Finger auf die Lippen und antwortete leise: „Man soll Geheimnisse nicht in alle Welt hinausposaunen, mein rothaariger Freund. Denke dir also deinen Teil und ziehe nach Süden, wie ich gesagt habe. Mehr kann und darf ich nicht verraten."

„Wir haben auch so begriffen", mischte sich wieder Robin ein. „Ihr, Graf Essex, werdet es eilig haben. Reitet also getrost weiter, während wir uns um das Begräbnis der Erschlagenen kümmern werden. Vielleicht sehen wir uns dann tatsächlich später unter dem Königsbanner wieder."

„Wenn dies geschieht, dann soll Richard Löwenherz von eurer hochherzigen Tat erfahren", antwortete der Graf. „Doch nun lebt wohl, denn ich habe tatsächlich große Eile." Mit diesen Worten schwang er sich wieder in den Sattel, und seine Ritter taten es ihm nach. Die Pferde galoppierten an und durchquerten die Furt. Wenig später hatte der dichte Wald sie verschluckt. Robin und seine Gesellen blieben allein zurück.

Ihnen blieb nun die traurige Aufgabe, die Leichen zu bestatten, welche der feige Überfall gefordert hatte. Sie erledigten dieses Geschäft schweigend, und Bruder Tuck sprach über dem Massengrab, in dem nun auch der Sheriff von Nottingham ruhte, ein einfaches Gebet. Danach zogen sie sich wieder in ihr einsames Waldlager zurück.

Robin ritt neben Allan, und knapp hinter ihnen hielten sich Bruder Tuck, Much, Gurth, Klein-John und William Scathlock, Robin Hoods Hauptleute. Sie alle waren nun sehr nachdenklich.

„Der Graf hat uns den Weg gewiesen", sagte Allan, „und ich denke, daß wir wirklich nach Süden ziehen sollten."

„Auch ich meine, daß wir zur Stelle sein sollten, wenn der König wirklich in England gelandet ist", stimmte Robin zu.

„Dann brechen wir heute noch auf, wie ich dich kenne", mischte sich Bruder Tuck ein. „Oder täusche ich mich da?"

„Du täuschst dich nicht", erklärte Robin Hood.

„Es fragt sich nur, wie wir Richard Löwenherz finden sollen", überlegte Klein-John laut. „In welche Gegend willst du ziehen?"

„Zurück in den Wald von Locksley", entschied Robin Hood nach kurzer Überlegung. „Dort hat alles begonnen, und ich habe das Gefühl, daß es bei Nottingham auch enden wird."

König Richards Heimkehr

Es war Oktober geworden in England. Schon gab es Tage, an denen der Herbst die Insel mit dichtem Nebel überzog. Das Leben in den Wäldern war nun härter als im wilden Sommer. Robins Gesellen froren in den Nächten und drängten sich eng um die Lagerfeuer, und am Morgen glitzerte zuweilen schon Rauhreif auf den Zweigen. Und doch hielten sie aus im Wald von Locksley, in den sie nach dem Treffen mit dem Grafen geritten waren.

Ja, der Herbst war in diesem Jahr früh nach England gekommen, mit Nebel, kühlem Wind und Frost, und auch die Stimmung der Menschen war in diesen Wochen gedämpft und gedrückt. In den Hütten und Burgen zitterte die Spannung, Kriegshörner erklangen überall, Ritter panzerten sich, und alle schienen es zu spüren, daß ein Krieg bevorstand. Gerüchte liefen landauf, landab. Der König sei endlich gelandet, behaupteten die einen, und durch den

Herbstnebel stahl sich dann ein neuer Hoffnungsstrahl. Prinz John ziehe sein Heer zusammen in Nottingham, um endgültig seine Macht in England zu festigen, sagten die anderen. Und daraufhin kehrte wieder die Angst in den Hütten der Sachsen ein, denn ein Sieg Johns würde für sie Hunger und Unterdrückung, Blut und den Henker bedeuten.

Tatsache war, daß Prinz John mit seinem Söldnerheer und den Baronen, die ihm verschworen waren, wirklich nach Nottingham gezogen war. Man hatte auch beobachtet, daß in der Stadt die Mauern noch stärker befestigt wurden und der Prinz große Vorräte an Waffen und Lebensmitteln in die Burg bringen ließ. Sogar Geiseln – so munkelte man – hatte John nach Nottingham verschleppt, unter anderem die edle Marian, die sich offen für den König erklärt haben sollte.

Tatsache war auch, daß sich andere Ritter, welche dem König die Treue bewahrt hatten, in Essex und an der Küste zu Frankreich sammelten. Sie hatten auch den Hafen von Folkstone besetzt, so daß von dort keine Nachricht mehr zu Prinz John gelangte. Manche Gerüchte besagten, daß Löwenherz bereits gelandet war, andere behaupteten wiederum, der König sei noch immer in Österreich gefangen, werde aber bald freigelassen werden.

Auch Robin Hood und seine Gesellen blieben auf Vermutungen angewiesen. Immerhin konnte sich Robin sagen, daß ihr neues Lager im Wald von Locksley nicht schlecht gewählt sei, da der Prinz sich doch in Nottingham aufhielt und man deswegen im Brennpunkt der kommenden Ereignisse saß. Robin hatte vor, sich zu König Löwenherz zu schlagen, sobald dieser auftauchen würde. Bis dahin überzog er die Gegend um Nottingham mit einem Netz von

Spähern, welche ihm sofort jede Neuigkeit melden sollten.

Einen dieser Vorposten hielt Bruder Tuck. Es handelte sich um eine Erdhütte, ganz in der Nähe der zerstörten Burg Locksley, und da der Mönch unter Langeweile litt, hatte er sich seine neue Behausung nach seinem eigenen Geschmack eingerichtet. Über der niedrigen Tür war ein geschnitztes Kruzifix angebracht. Neben einem bequemen Lager stand ein Fäßchen Wein. Darüber hingen mehrere geräucherte Hirschkeulen. Mit diesen und dem Wein pflegte Bruder Tuck sich die Zeit zu vertreiben.

An jenem Morgen lichtete sich der Nebel früh, und die Sonne brach noch einmal kräftig durch. Bruder Tuck hatte während der Nacht arg gefroren. Um so mehr freute er sich nun darauf, es sich vor der Hütte im weichen Moos bequem zu machen und den Sonnenschein zu genießen. So lag er wohl drei Stunden mutterseelenallein da, wobei er von Zeit zu Zeit blinzelnd die Umgebung musterte.

Plötzlich hörte er das Brechen von Zweigen und das Schnauben eines Pferdes im Wald, und wenige Augenblicke später erschien ein einzelner Reiter auf der Lichtung. Der Mann war von Kopf bis Fuß gepanzert, selbst das Visier seines schmucklosen Helms war geschlossen. An der Seite trug er ein mächtiges Schwert und über der Rüstung einen weißen Mantel, auf welchem ein metergroßes schwarzes Balkenkreuz eingestickt war. Als er den Mönch erblickte, zügelte er kurz seinen riesigen Braunen, dann jedoch trieb er ihn quer über die Lichtung auf die Hütte zu. Erst eine Pferdelänge vor Bruder Tuck hielt er erneut an, musterte den dicken Mann in der braunen Kutte und sagte mit tiefer Stimme: „Ich hörte noch nie davon, daß es im Wald von

Locksley einen Einsiedler gäbe. Bist du neu hier, Bruder?"

„Das kann man so sagen", erwiderte Tuck. „Denn ich habe meine Klause erst vor wenigen Tagen hier aufgeschlagen. Aber wenn Ihr trotzdem bei mir lagern und ein Gebet sprechen wollt, Herr Ritter, dann lade ich Euch herzlich dazu ein."

Der Gepanzerte schwang sich aus dem Sattel. Sein Brauner begann aus dem spärlichen Moos zu knabbern. „Pflegst du denn damit zu beten?" fragte der Ritter und deutete auf das Schwert, das Bruder Tuck griffbereit am Türstock der Hütte lehnen hatte.

„Ehe ich Euch auf diese Frage antworte, müßte ich schon wissen, was Ihr von einem Mönch haltet, der sich gelegentlich mit einem Bischof anlegt", antwortete Bruder Tuck verschmitzt. „Denn man gibt nicht jedem Fremden seine innersten Geheimnisse preis."

„Das gebietet schließlich schon die Vorsicht", bestätigte ernsthaft der Ritter. „Welcher Bischof war es denn, mit dem du die Theologie mit der Klinge betrieben hast?"

„Der von Hereford", murmelte Bruder Tuck. „Und jetzt kann ich bloß hoffen, daß Ihr keiner von seinen Freunden seid, denn Euch schützt im Zweifelsfall Euer Panzer, während meine Kutte wenig zu einer heftigen Disputation taugt."

Statt einer direkten Antwort nahm der Ritter nun seinen Helm ab. Bruder Tuck schaute in ein edles Antlitz mit durchdringenden blauen Augen und einem prächtigen Vollbart. Ein Lachen kräuselte sich um den gutgeschnittenen Mund. „Der Bischof von Hereford hält es mit dem Prinzen John, nicht wahr?" wollte der Ritter wissen.

„Er ist einer seiner übelsten Parteigänger", rief Bruder

Tuck, alle Vorsicht vergessend, aus. „Aber er mußte trotzdem sein Gold für die Freilassung von König Löwenherz herausrücken!"

„Da du so ehrlich bist, will ich dir sagen, daß ich selbst ein Freund des Königs bin und deswegen den Bischof von Hereford zu meinen Feinden zähle", ließ sich der Ritter vernehmen. „Es gibt also keinen Grund, daß wir miteinander streiten, guter Mönch."

„Im Gegenteil, wir werden ein Meßopfer zusammen feiern, das Ihr so schnell nicht vergessen sollt", erwiderte Bruder Tuck. „Denn ich freue mich von Herzen, einen Gesinnungsgenossen in Euch getroffen zu haben, und deswegen werde ich auch das Beste auftischen, was meine dürftige Klause zu bieten hat. Setzt Euch inzwischen nur hier vor die Hütte, während ich die Sachen auftrage."

Lächelnd lagerte der Ritter sich im Moos. Bruder Tuck verschwand und kehrte gleich darauf mit einer gebratenen Rehkeule und seinem Weinfäßchen zurück. Er legte beides dem Ritter vor die Füße, holte zwei Becher aus seiner Kutte und füllte sie mit dem Rebensaft. „Es ist ein sehr guter Wein", versicherte er. „Ich entdeckte das Fäßchen kürzlich im Gepäck des Sheriffs von Nottingham, als ich mich mit ihm im Sherwood-Forst so unglücklich schlug, daß er sein Leben lassen mußte. Das beweist, daß der Sheriff, im Gegensatz zu seinem Wein, nicht viel taugte."

„Du scheinst wirklich regen Umgang mit den Feinden König Richards zu pflegen", sagte der Ritter lächelnd. „Aber gerade das gefällt mir an dir. Wirst du eigentlich nicht Bruder Tuck gerufen?"

„Woher kennt Ihr denn meinen Namen?" fragte der Mönch

und blickte den Ritter erstaunt an.

„Er hat einen guten Klang bei gewissen Leuten gewonnen", antwortete der Ritter dunkel. „Dein Name – und noch eine Reihe anderer. Doch nun wollen wir dem Wein des verblichenen Sheriffs die Ehre antun, denn ich muß bekennen, daß ich einen langen Ritt hinter mir habe und so durstig bin, daß ich das ganze Fäßchen austrinken könnte."

„Ich habe nichts dagegen", erwiderte Bruder Tuck fröhlich. „Solange ich Euch nur bei dieser Beschäftigung helfen darf. Denn Ihr müßt wissen, daß nicht nur das Reiten, sondern auch das einsame Leben im Wald durstig macht."

„Besonders, wenn man sich dabei mit einem Bischof oder einem Sheriff anlegt", stimmte der Ritter zu. Dann hob er seinen Becher und tat dem Mönch kräftig Bescheid.

Im Verlauf der nächsten paar Stunden wurde nicht mehr allzuviel gesprochen, statt dessen machten sich die beiden Zecher um so tatkräftiger über den Wein und die Rehkeule her. Ein paarmal versuchte freilich Bruder Tuck zu erfahren, wer denn sein ritterlicher Gast eigentlich sei, doch auf solche Fragen wußte der Fremde recht gut zu schweigen. Andererseits konnte er aber recht lebendig vom Leben am Hofe und von den Kämpfen im Heiligen Land erzählen, so daß Bruder Tuck ihm wegen der anderen Sache nicht gram war und immer wieder fröhlich mit ihm anstieß.

Zuletzt wurde der Mönch dann ziemlich übermütig und psalmodierte lautstark Trink- und Kirchenlieder durcheinander. Außerdem verkündete er dem Ritter den löblichen Vorsatz: „Ich werde Euch heute noch unter den Tisch trinken, ob Euch das gefällt oder nicht!"

„Dann versuche es immerhin", gab der Unbekannte zurück, „freilich vermute ich, daß es eher umgekehrt kommen wird."

Dies war dann auch tatsächlich der Fall. Nach dem zehnten oder zwölften Becher nämlich verdrehte Bruder Tuck plötzlich die Augen, streckte Arme und Beine von sich und sank auf der Stelle in einen bewußtlosen Schlaf. Der Ritter jedoch, der ebensoviel getrunken hatte, lächelte nur milde und schob dem Schlafenden einen Bund Stroh unter den Kopf. Darauf lehnte er sich gegen die Hüttenwand, stellte das halb geleerte Fäßchen griffbereit neben sich und trank nun etwas langsamer weiter.

Doch auch ihm mußte der Wein die sonst so scharfen Sinne verwirrt haben, denn er übersah vollkommen den grüngekleideten Reiter, der wenig später auf der Waldlichtung erschien. Erst als sein Brauner warnend schnaubte, fuhr er erschrocken hoch.

Er hatte aber auch allen Grund dazu, denn der Neuankömmling - es war Robin Hood - warf nur einen kurzen Blick auf den wie tot daliegenden Bruder Tuck und den Ritter, der sein Schwert neben sich liegen hatte. Gleich darauf zog er seine eigene Waffe und rief: „Du hast meinen Kameraden umgebracht, Schurke! Das soll dich dein eigenes Leben kosten, das schwöre ich dir!"

Robin Hood glaubte nämlich, daß der Ritter einer der Söldlinge des Prinzen war. Das Kreuz auf dem Umhang, das ihn hätte eines Besseren belehren können, übersah er in seinem Grimm völlig. Auch der Ritter fand keine Gelegenheit, das Mißverständnis aufzuklären, denn Robin Hood war schon aus dem Sattel gesprungen und drang mit geschwungenem Schwert auf ihn ein. Mit knapper Not konnte der

Gepanzerte gerade noch seine eigene Waffe ergreifen und den ersten Hieb Robin Hoods parieren.

Und während Bruder Tuck nun in aller Seelenruhe seinen Rausch ausschlief und von all dem nichts mitbekam, spielte sich auf der Waldlichtung ein erbitterter Kampf ab. Der Ritter hatte sich schnell von seiner Überraschung erholt und wußte sein langes, breites Schwert bestens zu führen. In seinem schweren Harnisch befand er sich jedoch Robin Hood gegenüber im Nachteil, welcher in diesem Kampf zu Fuß viel beweglicher war. So landete Robin zunächst gar manchen derben Schlag auf dem Panzer des Ritters, während er selbst den Schwertstreichen immer wieder ausweichen konnte. Allmählich jedoch kam das Blut seines Gegners stärker in Wallung, und er focht nun mit größerem Nachdruck. Wahrscheinlich hatte er nun auch die Nachwirkungen des Weins vollständig überwunden. Wie auch immer, Robin Hood sah sich plötzlich im Nachteil, und zuletzt mußte er es sich gar gefallen lassen, daß ihn der Kreuzritter unter einem Hagelgewitter von Schlägen im Kreis herumjagte.

Bei dieser Gelegenheit mußte Robin einen Satz über den immer noch schlafenden Bruder Tuck hinweg machen. Der verfolgende Ritter sprang ihm nach und traf dabei mit dem gepanzerten Bein die Seite des Mönchs.

Im Nu fuhr der Schlafende hoch, sah, was passierte, wurde augenblicklich nüchtern und sprang auf die Beine, wobei er beide Arme ausbreitete und sich mit Todesverachtung zwischen die Kämpfenden warf. „Haltet ein!" brüllte er. „Warum, um Himmels willen, wollt ihr euch denn totschlagen?"

Robin Hood war über die Auferstehung seines für ermordet gehaltenen Freundes so überrascht, daß er sich von dem Ritter widerstandslos das Schwert aus der Hand prellen ließ. „Bru... Bruder Tuck", stammelte er, „du lebst?"

Auch der Ritter stellte nun den Kampf ein, wenn er auch Robin wachsam im Auge behielt.

Bruder Tuck sprudelte hervor: „Ich glaube, ihr beide seid ganz und gar verrückt geworden! Verzeiht, edler Herr, daß ich das sage – aber warum wolltet Ihr denn meinen besten Freund umbringen?"

„Er war es ja, der auf mich losging", versetzte der Gepanzerte. „Ich habe mich nur meiner Haut gewehrt."

„Ich dachte, Ihr hättet den Mönch ermordet", rechtfertigte sich Robin zerknirscht. „Doch wenn Ihr ein Freund von Bruder Tuck seid, muß ich mich entschuldigen. Ich hielt Euch aber für einen Verbündeten des Prinzen John."

„Es ist gut, denn wir haben beide keine ernsthafte Wunde davongetragen", lenkte der Ritter ein. „Außerdem muß ich dir zugestehen, daß du das Schwert wie ein Edelmann zu führen verstehst. Darf ich deinen Namen erfahren?"

„Es gibt keinen Grund, ihn zu verschweigen", erwiderte Robin stolz und nannte dem Ritter seinen Namen. „Wenn Ihr nun ein Mann des Prinzen seid", setzte er hinzu, „so werden wir unser Duell trotzdem fortsetzen müssen. Haltet Ihr aber zu König Löwenherz, dann können wir Freunde sein!"

Der Ritter hatte die Brauen erstaunt hochgezogen, als er Robin Hoods Namen gehört hatte. Bei dessen letzten Worten jedoch ging ein zufriedenes Lächeln über sein Gesicht, und seine Stimme klang auf einmal sehr majestätisch, als er antwortete: „Wir sind Freunde, Robin Hood, denn ich bin selbst Richard Löwenherz. Und ich weiß, wie tapfer du und deine wackeren Gesellen meine Interessen verteidigt habt, während ich im Kerker von Dürnstein saß."

Robin fiel, ebenso wie Bruder Tuck, auf die Knie. „Verzeiht, Majestät", murmelte er. „Ich hätte niemals das Schwert gegen Euch erheben dürfen!"

„Mea culpa, mea maxima culpa, es ist ganz allein meine Schuld, denn ich wollte Euch unter den Tisch trinken", jammerte Bruder Tuck zerknirscht.

Doch der König lachte nur. „Keiner von euch konnte wissen, wer ich war", sagte er. „Steht daher wieder auf, denn ich habe euch gar nichts zu verzeihen. Vielmehr muß ich mich bei euch für eure Treue bedanken. Und was dein Schwert angeht, Robin Hood, so hoffe ich, daß du es nicht gleich wieder in die Scheide steckst, denn ich werde eine Waffe wie die deinige in der nächsten Zeit nötig haben! – Euch kann ich vertrauen, deshalb will ich euch sagen, wie die Dinge in England stehen. Mein Kreuzfahrerheer ist in Folkstone gelandet und befindet sich auf dem Marsch nach Nottingham. Dort hat sich John, mein verräterischer Bruder, verschanzt, welcher mir nach dem Thron trachtet. Er wird sich mir nicht ergeben wollen, deswegen muß Nottingham im Sturm fallen. Ich selbst bin meinem Heer vorausgeritten, um bereits an Ort und Stelle die Stimmung im Volk zu erkunden."

„Die anständigen Engländer, gleich ob Normannen oder Sachsen, haben Eure Rückkehr inständig herbeigesehnt", rief Robin Hood. „Dutzende von ihnen führe ich Euch zu. Es wird uns allen eine Ehre sein, für Euch Nottingham zu stürmen!"

Der König legte Robin Hood die Hand auf die Schulter und antwortete: „Für dieses Wort danke ich dir, Robin von Locksley! Du sollst nicht länger ein Gesetzloser sein, sondern von heute an wieder der Herr dieses Waldes und mein Baron. Und nun rufe deine Leute herbei, welche ich ebenfalls pardoniere, was sie unter Prinz Johns übler Herrschaft auch gegen die Gesetze gesündigt haben mögen. – In drei Tagen beginnen wir den Sturm auf Nottingham."

Robin riß wortlos, aber mit leuchtenden Augen sein Jagdhorn an den Mund und stieß dreimal hinein. Es dauerte nicht lange, da sammelte sich auf der Waldlichtung seine grüngekleidete Schar, welche nun mit dem König in den Kampf ziehen sollte.

Der Sturm auf Nottingham

Am dritten Tag nach den eben geschilderten Ereignissen zog das Kreuzfahrerheer des Königs Richard Löwenherz in seiner ganzen Pracht vor der Stadt Nottingham auf. Hunderte von Rittern, oft mit von Sarazenenschwertern zerhauenen Rüstungen, doch mit trotzigen Augen, rückten in breiter Front gegen die Mauern vor. Berittene Knappen und lanzen- und bogentragendes Fußvolk folgten ihnen. Im Zentrum der Heersäule trabte der König selbst auf seinem Braunen. Ihm zur Seite hielt sich Ivanhoe, der hochgewachsene Sachse, welcher die hohe Ehre des königlichen Schildträgers innehatte. Doch auf Richards Schwertseite befand sich Robin Hood, der frischgebackene Baron von Locksley, und ihm wiederum folgten wie eine grüne Flut die Bogenschützen aus den Wäldern. Allan, Klein-John, Bruder Tuck, Gurth, Much und William Scathlock führten die einzelnen Haufen an.

In Rufweite hielt das Heer vor der Stadt an. Ein Herold des Königs forderte Prinz John zum letztenmal zur Übergabe auf. Doch die Antwort bestand in einem Pfeil- und Speerhagel, der von den Zinnen auf die Angreifer herniederprasselte.

Da befahl König Löwenherz den Sturm.

Erst zweihundert Jahre später, in der denkwürdigen Schlacht von Agincourt, sollte ein englisches Ritterheer ähnlich furios angreifen. Und wie das Gefecht von Agincourt wurde der Sturm auf Nottingham durch die Bogenschützen der königlichen Armee entschieden – durch Robin Hood und seine Gesellen.

Sie liefen zwischen den Rittern vor, schnell und zielstrebig wie Wölfe auf der Jagd, erreichten den Stadtgraben, durchwateten das schlammige Wasser und setzten sich am jenseitigen Grabenhang fest. Die Langbogen wuchsen wie ein Wald über die Brüstung, und die Pfeile der Gesetzlosen, die nun für den König fochten, fiederten in dichten Wolken gegen die Verteidiger auf den Zinnen. So schnell und treffsicher schossen Robin Hoods Leute, daß sich schon nach wenigen Minuten der Mauerkranz von Nottingham zu leeren begann.

Nun sprengte auch König Löwenherz selbst, begleitet von Ivanhoe und gefolgt von seinen Kreuzrittern, über den Graben und hielt hart neben Robin Hood. „Für diesen Einsatz deiner Bogenschützen gebe ich dir noch eine zweite Baronie zu Locksley dazu!" rief der König Robin zu.

„Erst müssen wir die Stadt nehmen", erwiderte dieser. „Ihr habt gesehen, wie meine Männer die Bogen zu gebrauchen wissen, jetzt sollt Ihr Euch daran erfreuen, wie sie zu klettern verstehen."

Damit hob Robin Hood sein Jagdhorn an die Lippen und stieß dreimal kräftig hinein. Ein heller Kampfschrei lief durch die Reihen seiner Gesellen, sie warfen die Bogen über die Schultern, sprangen aus dem Graben und rannten zur Stadtmauer. Dort kniete die Hälfte wieder nieder und sandte Pfeil auf Pfeil nach oben, während die anderen an der Mauer blitzschnell menschliche Pyramiden bildeten. Die gewandten Kletterer sprangen auf die Schultern ihrer Kameraden, krallten sich dann in Mauervorsprünge und Risse und suchten sich ihren weiteren Weg nach oben. Robin Hood war der erste, welcher die Mauerkrone erreichte. Er schwang sich hinauf, stieß mit dem Schwertgriff einen Verteidiger zurück und sandte gleich darauf wieder Pfeil um Pfeil nach links, wo sich eine Truppe des Prinzen zum Gegenangriff anschickte. Wieder einen Augenblick später hatte auch Allan den Wehrgang erklommen und unterstützte Robin. Und hinter ihm kamen in hellen Trauben die Männer aus dem Wald. In Minutenschnelle war kein Feind mehr auf diesem Mauerstück zu sehen.

„Zum Tor! Öffnet es für die Ritter!" rief Robin nun und hastete auch schon das Mauertreppchen hinunter, das zum Haupttor führte. Seine Gesellen folgten ihm mit geschwungenen Waffen.

Doch auch König Löwenherz, Ivanhoe und die Kreuzritter waren währenddessen nicht untätig gewesen. Der König hatte vor dem Tor einen mächtigen Widder, welcher von

zwanzig Soldaten bedient wurde, in Stellung bringen lassen, und nun donnerte und dröhnte der eisenbeschlagene Balken mit unbeschreiblicher Wucht gegen die Eichenpfosten. Schon wankte das Tor in seinen Angeln, als Robin von innen hinzusprang und die Sperriegel wegriß. Seine Männer trieben die wenigen Verteidiger in die Flucht, welche an dieser Stelle noch Widerstand wagten. König Löwenherz brach an der Spitze seiner Ritter in die Stadt ein. Unaufhaltsam drang das Heer nun ins Zentrum von Nottingham und zur Burg vor.

Die Feinde flohen in hellen Haufen, denn ganz offensichtlich hatte keiner von ihnen erwartet, daß die Stadt so schnell fallen würde. Prinz John hatte nicht mit Robin Hoods trefflichen Bogenschützen gerechnet. Jetzt blieb dem Verräter nur noch eine Chance: er mußte um jeden Preis die Burg halten!

Fanfarenstöße beorderten alle seine Söldner zur Festung. Sie verließen die Wälle, auch an solchen Stellen, wo sie überhaupt nicht angegriffen worden waren, und rannten im Laufschritt zur Burg. Dazwischen sprengten auf schäumenden Pferden des Prinzen Barone daher und trieben die Soldaten zu noch größerer Eile an.

Doch wiederum war das Glück auf der Seite des Königs und seiner Getreuen. Denn der Burgvogt hatte zu Beginn des Kampfes Zugbrücke und Tor der Burg schließen lassen, und nun stauten sich die flüchtenden Kriegsknechte davor. Winden kreischten, Eisenketten klirrten – dann senkte sich langsam die Zugbrücke über den Graben, damit die Soldaten in die Festung gelangen konnten.

Robins Schar war mit dem König vorgerückt. Und nun setzte der Baron von Locksley erneut sein Horn an den Mund und ließ es schmettern. Wieder knieten seine Bogenschützen nieder und sandten Pfeil auf Pfeil in die Reihen der dicht zusammengedrängten Männer des Prinzen. Dadurch sorgten sie für große Verwirrung. Der Widerstand brach zusammen, Panik machte sich vor der Burg breit.

Das nützte König Löwenherz aus. Seinen treuen Schildträger Ivanhoe an der Seite, spornte er seinen Braunen an und ritt mitten unter die Söldner seines Bruders hinein. Ein erschrockener Aufschrei ob dieser Kühnheit ging durch die Reihen seiner eigenen Ritter, dann folgten sie ihm mit Ungestüm.

Freilich sah es jetzt für den König und Ivanhoe gefährlich aus, denn sie befanden sich mitten im dichtesten Haufen der

Feinde. Speere wurden gegen sie geschleudert, Schwert- und Axthiebe trafen ihre Schilde und Rüstungen. Doch die beiden einsamen Kämpfer bewiesen, daß sie sich nicht zum erstenmal im tobenden Brennpunkt einer Schlacht befanden. Der König machte seinem Namen alle Ehre und focht tatsächlich wie ein grimmiger Löwe, und Ivanhoe tat es ihm gleich.

Trotzdem hätten die beiden Recken auf die Dauer wohl nicht standhalten können, hätte nicht Robin Hood mit seiner Schar erneut helfend eingegriffen. Zusammen mit Allan, Bruder Tuck, Klein-John und den anderen Anführern warf er sich mitten in das Getümmel, und ihre Leute folgten ihnen auf dem Fuß.

Auf diese Weise konnten die Verteidiger links und rechts von der Zugbrücke gedrängt werden, und der Weg in die Burg war frei.

„Das ist der Sieg!" hörte man Bruder Tucks begeisterten Ruf. „Victoria, victoria!"

Doch der letzte Kampf war noch nicht ausgefochten. Denn nun trat Prinz John höchstpersönlich auf den Plan. Er hatte bis jetzt von der Burg aus die Schlacht dirigiert, und nun sprengte er auf seinem gepanzerten Hengst quer über den Hof, direkt auf seinen Bruder zu. Ihm folgte der Baron Front de Boeuf, der in ganz England gefürchtete Kämpe, sowie der Hauptmann der Burgwachen, ebenfalls ein rauher Haudegen.

„England ist mein!" rief der Prinz mit Donnerstimme. „Stirb, Richard!"

Der König antwortete nicht, aber er legte die schwere Lanze ein und sprengte seinerseits gegen seinen verräterischen Bruder an. In der Mitte des Burghofes trafen sie sich. Des Prinzen Lanze zersplitterte am Schild des Königs, doch dessen Waffe traf Johns Brustharnisch mit unwiderstehlicher Gewalt, so daß der Prinz rücklings aus dem Sattel flog und besinnungslos auf dem Pflaster des Burghofes liegenblieb.

Ein weiteres Lanzenduell lieferten sich Front de Boeuf und Ivanhoe, und auch hier siegte der Ritter des Königs. Mit einer schweren Hüftwunde fiel Front de Boeuf neben seinen treulosen Herrn.

Robin Hood hatte einen härteren Stand, denn er mußte sich mit dem Burghauptmann messen, der ihn ebenfalls mit der Lanze angriff, während Robin zu Fuß kämpfen mußte und nur über sein Schwert verfügte. Doch er ließ seinen Gegner ins Leere rennen und schlug dann von der Seite zu. Des Hauptmanns Lanze wurde ihm aus der Faust geprellt. Er wankte im Sattel, und Robin benützte die Gelegenheit, um ihn vollends vom Pferd zu reißen. Gleich darauf saß dem Offizier Robins Schwertspitze an der Kehle, und es blieb dem Anführer der Burgbesatzung nichts anderes übrig, als um Pardon zu flehen, den Robin auch großmütig gewährte.

Damit war der Sturm auf Nottingham beendet, denn als die Söldner des Prinzen sahen, daß ihre Anführer überwunden waren, warfen sie die Waffen weg und ergaben sich den Eroberern. Sie wurden gebunden und eingekerkert, so daß es an diesem Tag zuletzt keinen Keller mehr in Nottingham gab, in dem die Mäuse und Ratten nicht zahlreiche Gesellschaft hatten.

König Löwenherz jedoch hielt mit seinen Getreuen das Siegesmahl im hellerleuchteten Rittersaal der eroberten Burg. Ivanhoe saß zur Linken seines Herrn, zur Rechten hatte Robin Hood Platz genommen – und neben ihm befand sich Marian. Diese war überglücklich, daß nun ihre Gefangenschaft in der Kemenate ein Ende hatte und daß sie endlich ihre Liebe zu Robin offen zeigen durfte.

Auch für Robin Hoods Anführer hatte man Platz an der königlichen Tafel geschaffen; sie saßen zwischen den Kreuzrittern und fühlten sich ganz wohl in dieser Gesellschaft, auch wenn sie vor wenigen Tagen noch als Gesetzlose gegolten hatten. Mit ihren neuen normannischen Freunden unterhielten sie sich prächtig, und es war unter den Rittern des Königs keine Rede mehr davon, daß die Sachsen in England weiterhin rechtlos sein sollten. Denn durch ihren tapferen Einsatz für den König hatten sich die Sachsen den Normannen gleichgestellt.

Zu später Stunde, als der Wein in den Pokalen funkelte, ließ Allan vom Tal so manches fröhliche Lied hören. Darunter war auch eine Ballade, welche er erst kürzlich gedichtet hatte und welche den Kampf Robin Hoods in den Wäldern und gegen die Willkür des Prinzen John beschrieb.

Als er geendet und reicher Beifall ihm gedankt hatte, sprach König Löwenherz: „Jedes Wort, das du zum Lobe Robins gesungen hast, ist Goldes wert, denn wenn ich es recht bedenke, dann hat er mit seiner Schar mir das Reich gerettet. Denn wäre ich nicht im Wald auf den trefflichen Bruder Tuck gestoßen, der mich, wenn auch auf ungewöhnliche Weise, mit Robin Hood bekannt machte, dann hätte ohne eure Hilfe mein Heer leicht gegen meinen Bruder unterliegen können. Doch nun wird der Prinz seine Sünden in der Verbannung bereuen, und in England sollen wieder Recht und Gesetz herrschen. Dies ist mit das Verdienst des

Barons Robin Hood von Locksley, den ich auch noch mit der Verwaltung der Grafschaft Nottingham belehne, und ich trinke auf sein Wohl!"

Dies geschah im Jahre 1194 unseres Herrn in der Burg zu Nottingham.

Robin Hood und seine Gesellen hielten sich noch mehrere Wochen dort auf, bis der König alle Angelegenheiten zufriedenstellend geordnet hatte und in seine Londoner Residenz weiterzog.

An diesem Tag verabschiedete er sich von Robin Hood mit einem freundschaftlichen Handschlag, und als der Zug seiner Ritter hinter dem Horizont verschwunden war, sammelte Robin die Grüngekleideten um sich, welche ihm so treu gedient hatten.

„Aus mir ist nun ein Baron des Königs geworden", sprach er zu ihnen, „und als solcher betrachte ich es als meine allererste Pflicht, euch für eure Dienste zu danken, ehe ich mit meiner geliebten Marian nach Locksley zurückkehre und die Burg meiner Vorfahren wieder aufbaue. Deswegen sagt mir nun, wie ich euch eine Freude machen kann."

Bruder Tuck war der erste, der das Wort ergriff: „Wenn du mir im Wald von Locksley das Plätzchen überlassen wolltest, wo ich mich mit dem König dem Trunke hingegeben habe, dann will ich mir dort eine Klause einrichten."

„Du sollst Klausner und Burgkaplan gleichzeitig sein", antwortete Robin erfreut. „Jeden Monat sollst du von mir ein Fäßchen besten Weins erhalten, und die Jagd ist für dich frei."

„Deo gratias", antwortete Bruder Tuck und strahlte über

das ganze Gesicht.

„Und was ist dein Wunsch, Allan?" erkundigte sich Robin Hood nun.

„Daß ich für dich und Marian noch lange meine Balladen in deinem Rittersaal singen darf", antwortete dieser. „Mehr verlange ich mir nicht."

„Du sollst als unser Freund auf Locksley leben", versprach Robin.

Auf ähnliche Weise wurden auch die anderen Gefährten ausgezeichnet. Little John übernahm die Stellung eines Burghauptmannes auf Locksley, und unter seinem Befehl dienten in Zukunft viele aus der Schar der Grüngekleideten, die Robin Hood nicht verlassen wollten. William Scathlock wurde Jäger im Locksley-Wald, Much errichtete sich eine Mühle in der Nähe der Burg, und Gurth eröffnete mit Robins Unterstützung ein Gasthaus auf dem Weg nach Nottingham. Aber oft trafen sich die Freunde in der Halle von Locksley, wo sie dann von dem harten, aber schönen Leben erzählten, das sie als Gesetzlose geführt hatten.

Allan vom Tal dichtete aus diesem Stoff manche Ballade, und seine Lieder lebten auch dann noch im Volk fort, als ihre Helden längst gestorben waren.

So kam es, daß die Taten von Robin Hood und seinen wackeren Gesellen nicht untergehen konnten in England, und daß man sich noch heute an ihnen erfreut.

© 1984 by Franz Schneider Verlag GmbH & Co. KG
München – Wien – Zürich – Hollywood/Fla. USA
Grafische Gestaltung, Deckelbild und
Illustration Oldrich Jelinek
Redaktion Angela Djuren
ISBN 3 505 08749 1
Bestellnummer 8749
Alle Rechte dieser Ausgabe liegen beim Verlag,
der sie gern vermittelt.

Sachinformationen zum Buch

Mittelalterliche Burganlage

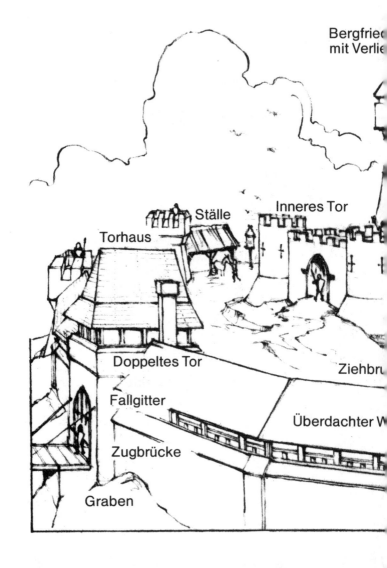

Diesen Text fanden wir in der Chronik eines unbekannten Mönches.

Der Burgherr und seine Gemahlin erheben sich kurz nach dem ersten Hahnenschrei. Ihr erster Gang führt sie in die Burgkapelle, denn ohne den Segen des Herrn kann der Tag nicht beginnen. Nach der Messe begeben sie sich in die Halle und setzen sich an den Herrentisch, auf dem Brot und Wein für sie bereitstehen, das Gesinde speist an gesonderten Tischen.

Der Landvogt wartet bereits, mit ihm bespricht der Burgherr täglich die Arbeiten, die in und außerhalb der Burg anfallen. Da müssen z. B. Risse in den Mauern ausgebessert und Notvorräte für Kriegszeiten angelegt werden. Vor allem aber muß der Burgherr dafür sorgen, daß Knappen und Junker zu kampftüchtigen Rittern ausgebildet werden, eine wichtige Aufgabe in diesen unruhigen Zeiten. Am Gerichtstag, der alle vierzehn Tage stattfindet, obliegt ihm die Rechtsprechung.

Die Burgherrin muß ebenfalls wichtige und verantwortungsvolle Aufgaben wahrnehmen. Schließlich muß sie dafür sorgen, daß es den vielen Menschen auf der Burg nie an Speis und Trank fehlt. Im Kloster hat sie viel über die Heilkraft der Kräuter gelernt, so daß von weit her die Kranken zu ihr strömen.

Gegen Abend versammeln sich sämtliche Bewohner der Burg und Sänger, Musikanten und durchreisende Pilger in der Halle zum großen Essen. Wein und Bier fließen in Strömen, es wird gescherzt und gelacht, manchmal bis in die Nacht.

Schließlich ziehen sich der Burgherr und seine Gemahlin in ihre Kemenate zurück, während Diener und Gäste sich in der großen Halle auf dem Fußboden ihr Nachtlager bereiten.

Brief eines Ritters an seinen jüngeren Bruder.

Lieber Bruder,
da Du inzwischen 12 Jahre alt geworden bist und die heimatliche Burg bald verlassen wirst, um zum Ritter ausgebildet zu werden, möchte ich Dir einiges aus meiner Erfahrung mit auf den Weg geben.
Als Edelknappe, so wirst Du zunächst genannt, bist Du nichts weiter als ein gewöhnlicher Bediensteter, der bei Tisch aufwarten und nachts in der großen Halle auf dem Fußboden schlafen muß. Doch nebenbei wird Dich der Hauskaplan in Latein unterrichten und der Landvogt in der Verwaltung und Führung eines großen Landbesitzes. Doch verzage nicht, die meiste Zeit wirst Du im Freien verbringen. Schließlich muß ein Ritter vor allem reiten und kämpfen können. Sobald Du gelernt hast, mit Rössern und Waffen umzugehen — und das wirst Du gründlich lernen — erhältst Du den Rang eines Junkers und darfst mit Deinem Herrn an Turnieren teilnehmen und ihn auf Feldzügen begleiten. Wenn Du Dich bewährst, wirst Du mit der höchsten Ehre belohnt, die einem Junker widerfahren kann: Du wirst zum Ritter geschlagen.
Mein lieber kleiner Bruder, ich weiß es noch wie heute, es ist ein großer, erhebender Augenblick, den Du nie in deinem Leben vergessen wirst.
Am Abend vor dem großen Tag wirst Du ein Bad nehmen, zum Zeichen dafür, daß Du Dich von allen

Sünden gereinigt hast• Dann legst Du Dein neues
Schwert und Deine Rüstung auf den Altar der Burg-
kapelle / die Nacht verbringst Du im Gebet / vor
dem Altar kniend•
Nach der Messe am nächsten Morgen wirst Du in reich-
bestickte Samtgewänder gekleidet und bekommst
Sporen / Rittergürtel und Schwert• Bevor Dich
Dein Herr zum Ritter schlägt / mußt Du / zu seinen
Füßen kniend / den Ritterschwur leisten• Darin
versprichst Du / mutig und großzügig zu sein /
Witwen und Waisen zu beschützen und
Deinem Herrn zu dienen• Und nun ist der große
Moment da: Dein Herr schlägt Dich zum Ritter /
das heißt er berührt Deine Schulter oder
Deinen Nacken leicht mit der Schwertklinge•
Jetzt bist Du in den Kreis der Ritter aufge-
nommen• Natürlich wird dieses große Ereignis
den ganzen Tag gebührend gefeiert•
Wie Du siehst / mein Bruder / ist der Weg zum
Ritter lang und schwer / aber ich sage Dir / es
ist ein Weg / der sich lohnt•

    Alles Beste für Deine Zukunft
      wünscht Dir
      Dein Bruder

Die wichtigsten Teile einer Rüstung

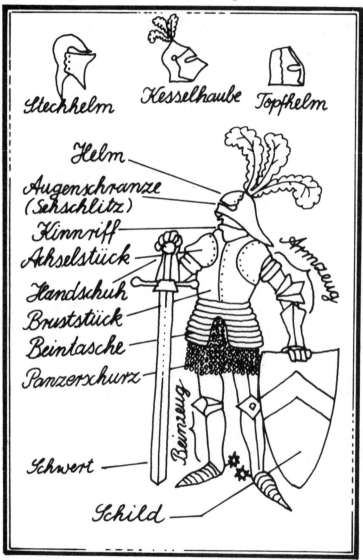

Die wichtigsten mittelalterlichen Waffen

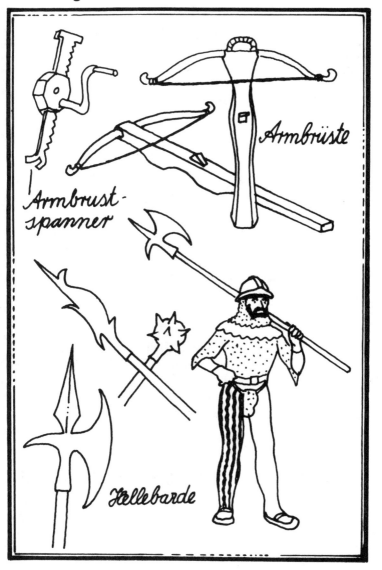

Allan von Tal, der fahrende Sänger und Kampfgefährte Robin Hoods, berichtet hier von einem Turnier am Hofe König Richards I. Löwenherz.

Liebe Freunde/glaubt mir/ der ich Zeuge gewesen bin: Es gibt nichts Glanzvolleres als ein Turnier am Königshof! Fahnen flattern am Mast/Trompeten erklingen/die Rüstungen der Ritter glänzen/die Pferde schnauben in Erwartung des bevorstehenden Kampfes und ein Oh und Ah geht durch die Menge/wenn die Damen/ gekleidet in Samt und Seide ihre Ehrenplätze einnehmen • Die Herolde in ihren prächtigen Wappenröcken bitten um Ruhe • Es dauert ein wenig/bis Stille eintritt • Dann sagen die Herolde feierlich das Turnier an • Doch ehe der Kampf beginnt/nehmen die Herolde höchstpersönlich die Helmschau vor • Sie prüfen die Wappen und Helmzierden der Teilnehmer/um sicher zu gehen/daß

diese auch zum Kampf berechtigt sind.
Es könnte doch sein/daß sich jemand fälschlicherweise mit einem Wappen schmückt/das ihm nicht zusteht!
Unter dem Schmettern der Trompeten ziehen die Turniergegner mit Standarten und Bannern auf den Turnierplatz und stellen sich rechts und links eines gespannten Seils auf. Der Herold setzt die Trompete an/gibt das Signal/das Seil wird durchschnitten/der Kampf geht los.
Mit gesenkten Lanzen reiten die Ritter aufeinander zu und aneinander vorbei/wobei die Steigbügel sich nicht berühren dürfen! Jeder versucht seinen Gegner mit der Lanze vom Pferd zu stoßen. Wer vom Pferd fällt/muß Pferd und Rüstung aufgeben und ein Lösegeld zahlen. William Marshall der berühmteste Turnierkämpfer unserer Zeit/hat in zwei Jahren 103 Ritter besiegt und durch die vielen Lösegelder ein Vermögen erworben.

Die Klassiker-Reihe im SchneiderBuch:

J. F. Cooper
Der Wildtöter

Daniel Defoe
Robinson Crusoe

Thomas Drayton
Robin Hood

Alexandre Dumas
Die drei Musketiere

Charles Kingsley
Die Wasserkinder

Herman Melville
Moby Dick

Robert Louis Stevenson
Die Schatzinsel

Mark Twain
Tom Sawyer

Jules Verne
In 80 Tagen um die Erde